Bianca

Abby Green
Las reglas del jeque

HARLEQUIN

Editado por HARLEQUIN IBÉRICA, S.A.
Núñez de Balboa, 56
28001 Madrid

© 2010 Abby Green. Todos los derechos reservados.
LAS REGLAS DEL JEQUE, N.º 2274 - 4.12.13
Título original: Breaking the Sheikh's Rules
Publicada originalmente por Mills & Boon®, Ltd., Londres.

I.S.B.N.: 978-84-687-3594-8
Depósito legal: M-27158-2013
Editor responsable: Luis Pugni
Fotomecánica: M.T. Color & Diseño, S.L. Las Rozas (Madrid)
Impresión en Black print CPI (Barcelona)
Fecha impresion para Argentina: 2.6.14
Distribuidor exclusivo para España: LOGISTA
Distribuidor para México: CODIPLYRSA
Distribuidores para Argentina: interior, BERTRAN, S.A.C. Vélez Sársfield, 1950. Cap. Fed./ Buenos Aires y Gran Buenos Aires, VACCARO SÁNCHEZ y Cía, S.A.

Capítulo 1

EL JEQUE Nadim bin Kalid al Saqr siguió al jinete con la mirada mientras entrenaban en la pista. Su asombro no dejaba de crecer, no solo por la magnificencia del potro, sino también por el intenso verdor de todo lo que le rodeaba. La llovizna caía sin cesar y lo cubría todo con una fina neblina que refrescaba ese cálido día de septiembre.

Curtido en la aridez del desierto y las montañas, jamás hubiera esperado sentir afinidad con esa parte inclemente del mundo, pero, sorprendentemente, la exuberancia del lugar apelaba a un rincón de su alma.

Hasta ese momento su interés por las carreras y la cría de los purasangres jamás había traspasado las fronteras de la península arábiga. Sus ayudantes compraban en Europa y le hacían llegar los caballos. Pero había llegado la hora de establecer una sede en Europa y el lugar elegido había sido Kildare, la capital irlandesa de la cría de caballos.

Irlanda tenía fama de dar los mejores caballos, criadores y entrenadores del planeta. El hombre que estaba a su lado, a pesar de su rubicundez, síntoma inequívoco de problemas con el alcohol, era uno de los mejores entrenadores del mundo, pero llevaba tiempo alejado de las carreras.

El silencio se hizo tenso, pero Nadim siguió sin hablar durante unos segundos, mirando al ejemplar de dos años.

El caballo era de los mejores, pero el jinete también era excelente. Parecía tener unos dieciocho años y era de constitución delgada. Definitivamente era muy joven, pero tenía una forma de manejar al caballo que denotaba un talento innato, coraje y experiencia. Y el animal era de naturaleza brava.

El hombre se movía con impaciencia a su lado, así que Nadim habló por fin.

—Es un potro extraordinario.

—Sí –dijo Paddy O'Sullivan, aliviado–. Estaba seguro de que se daría cuenta enseguida.

El caballo del que hablaban era una de las razones por las que Nadim se encontraba en Irlanda. A Paddy O'Sullivan le había tocado el premio gordo. Su granja de sementales, humilde y pequeña, ya no volvería a ser la misma después de semejante venta.

—Sería difícil no verlo –murmuró Nadim, contemplando el formidable movimiento de los músculos del caballo.

Había enviado a su ayudante más experto a ese rincón del mundo y el potencial de la zona no había tardado en hacerse evidente. Era el lugar perfecto para su base de operaciones en Europa.

Apretó los labios al recordar la esperpéntica historia que le había contado su ayudante. Al parecer, una mujer furiosa y su perro rabioso le habían echado de la propiedad. Por eso se había asegurado de contactar con Paddy O'Sullivan directamente.

El criadero de caballos O'Sullivan había sido un negocio próspero en otro tiempo. De allí habían salido numerosos ganadores. La misma línea de sangre de la que provenía el potro ya se había hecho un nombre en Irlanda, después de ganar dos de las carreras más conocidas en los meses anteriores. Nadim sintió la sacudida de la expectación, una sensación que llevaba mucho tiempo sin experimentar.

—Iseult lleva tiempo trabajando con él sin descanso. No sería el caballo que es ahora sin ella.

Nadim frunció el ceño y miró al hombre menudo que estaba a su lado. No había oído antes ese nombre. Debía de ser de origen irlandés.

—¿Ee... sult?

El hombre gesticuló en dirección a la pista de entrenamiento.

—Iseult es mi hija, la mayor. Tiene el don. Ni siquiera andaba y ya se entendía con todos los animales que se encontraba.

Nadim volvió a mirar al jinete, sorprendido. ¿Era una chica? ¿Y había entrenado al caballo? Era imposible. Había trabajado con muchas mujeres, pero nunca con una que fuera tan joven. Era demasiado joven, por mucho talento que tuviera.

Sacudió la cabeza y entonces fue cuando empezó a ver ciertas diferencias. El jinete tenía la cintura demasiado estrecha. La silueta de sus hombros era delicada... Aparte de eso, no podía decir mucho más. La chica llevaba unos vaqueros y un forro polar, y tenía el pelo recogido y oculto bajo una gorra. De repente se dio cuenta de que no llevaba casco.

El viejo escalofrío le recorrió por dentro una vez

más, pero logró controlarlo. No estaban en Merkazad. El suelo era suave.

Pero de todos modos debería haber llevado la protección adecuada. Si hubiera estado en sus establos en ese momento, se hubiera llevado una buena reprimenda por no haberse protegido la cabeza.

–Siento lo ocurrido con... su ayudante –dijo O'Sullivan en un tono bajo, para que nadie pudiera oírle–. Iseult no quiere vender el picadero ni tampoco a Devil's Kiss –prosiguió con nerviosismo–. Está muy apegada a su hogar y a su... –el hombre titubeó un momento y se corrigió a sí mismo–. A este caballo que ya no es suyo –añadió.

Nadim sintió que le hervía la sangre. ¿Había sido ella quien había echado a su ayudante? En su país las hijas eran obedientes y educadas.

–Está a punto de ser mío. Al igual que la finca –dijo en un tono soberbio–. A menos que haya cambiado de opinión.

A O'Sullivan se le atragantaron las palabras.

–No, jeque Nadim. En ningún momento he querido decir eso. Es que Iseult lleva mucho tiempo entrenando a Devil's Kiss... y está muy apegada a él.

Nadim le lanzó una mirada sombría.

–Espero que la ventaja de mantener la propiedad y el caballo a su nombre, así como la posibilidad de conservar su trabajo como encargado, sea recompensa suficiente. Que el banco le desahucie es una alternativa mucho peor.

El irlandés se frotó las manos, temeroso.

–Por supuesto, jeque Nadim. No quería decir otra

cosa. Es que Iseult... Bueno, es un poco testaruda. Espero que no ofenda...

Su voz se desvaneció al ver que el jinete aminoraba la marcha. Se detuvo frente a ellos. No había duda. Era una chica. ¿Cuántos años podía tener?

La joven no se molestó en bajar del caballo para saludarle como era debido, pero Nadim no podía fijarse en otra cosa que no fuera su rostro, parcialmente oculto bajo la visera de la gorra. Algo se le clavó en el corazón de repente.

Aquel rostro parecía esculpido con exquisitez. Tenía los pómulos altos, la mandíbula firme, la nariz recta. No se le veían los ojos, pero tenía la boca contraída, rígida. Nadim bajó la vista y entonces reconoció las curvas, sutiles pero inconfundibles, de un cuerpo femenino.

Iseult O'Sullivan había sufrido lo indecible al tener que montar a Devil's Kiss para exhibirle ante su nuevo dueño. Aquel hombre estaba allí para hacer inventario del botín. Ni siquiera se había molestado en comprobar lo que estaba comprando antes de hacer el trato.

Había enviado a un ayudante para que se colara en la propiedad e hiciera fotos. Después había comprado las tierras colindantes y desde entonces se había dedicado a acechar, a esperar el momento adecuado para atacar, como un buitre que merodea alrededor de la carroña.

De repente se sintió absurdamente feliz de volver a montar a Devil's Kiss. De haber tenido los pies en el suelo no hubiera sido capaz de recordar por qué estaba tan furiosa. Agarró las riendas y el caballo se movió con impaciencia. Podía sentir su agitación.

El hombre parecía sacado de otro planeta, y no tenía nada que ver con el estereotipo del jeque árabe que se había imaginado. Había tenido que buscarle en Internet para obtener algo más de información sobre él. Había visto muchas fotos, pero aun así le costaba asimilar la realidad. Parecía tener unos treinta años y era tan apuesto como parecía en los medios; alto, guapo y moreno.

Llevaba unos vaqueros desgastados que se le ceñían a los músculos y la tela de su camisa, remangada hasta los codos, se tensaba sobre unos bíceps poderosos. Con un pie apoyado sobre el travesaño inferior de la valla, derrochaba desenfado y prepotencia. Tenía el cabello corto y muy oscuro, pero abundante.

Iseult se estremeció sin querer. Había una sexualidad innata en él, una virilidad que apelaba a sus instintos más básicos.

Era un aristócrata y, como tal, emanaba un aire de autoridad y poder difícil de ignorar. Su reino era una rica nación donde se criaban y entrenaban caballos que hacían historia.

Con el corazón acelerado, Iseult le vio saltar por encima de la valla con un movimiento ágil. Devil's Kiss echó la cabeza atrás de inmediato y empezó a moverse de un lado a otro, resoplando. Le dio unas palmaditas rápidas y murmuró algo para tranquilizarle.

Su padre, de pie a unos metros de distancia, no hacía más que mandarle mensajes en silencio. Le rogaba que se portara bien, pero a Iseult le dolía demasiado el corazón como para rendirle pleitesía a un potentado del mundo ecuestre.

El jeque la miraba con unos ojos intensos, y podía ver cómo cambiaba su expresión. Parecía que le molestaba que no se bajara del caballo para saludarle. Finalmente oyó la voz de su padre.

Había miedo en ella.

–Iseult, por favor, deja que el jeque Nadim monte a Devil's Kiss. Ha venido desde muy lejos.

Con mucha menos gracia de la que solía tener, Iseult se bajó del caballo y le entregó las riendas. Al ver lo alto que era, sintió que le temblaban las rodillas un poco.

–Aquí tiene –le dijo.

Los ojos del jeque emitieron un destello peligroso y entonces tomó las riendas. Sus dedos se rozaron brevemente, pero Iseult retiró la mano con rapidez. Devil's Kiss se movió de nuevo.

Antes de perder la compostura del todo, dio media vuelta y se alejó. Saltó por encima de la valla y se paró junto a su padre. Este la miraba con unos ojos llenos de impaciencia y exasperación.

El jeque Nadim caminó alrededor del caballo. Aflojó un poco los estribos, deslizó una mano sobre el lomo del animal y montó con una gracia inesperada. Nada más darle un golpe en los flancos, Devil's Kiss echó a andar a medio galope.

Iseult se puso tensa. Su caballo era un completo traidor. No había opuesto ni la más mínima resistencia.

El jeque Nadim al Saqr tenía fama de ser un rebelde en el gremio. Había tardado mucho en establecerse en Europa y mantenía a sus caballos en su tierra natal, lejos de miradas curiosas, en secreto. El año anterior había revolucionado el mundo de la equitación al inscribir a uno de sus caballos en una de las carreras más prestigiosas, la de Longchamp. El potro había salido victorioso y así se había ganado el respeto de expertos y rivales.

—No esperabas que Devil's Kiss se acostumbrara tan bien, ¿verdad? —le dijo su padre, riéndose.

Iseult sintió lágrimas en los ojos; algo muy impropio de ella. Después de todo lo que había pasado en la vida, rara vez sentía ganas de llorar.

Dio media vuelta y echó a andar hacia la casa de la que ya no eran dueños, lejos de los campos que también les habían arrebatado.

—Iseult O'Sullivan, vuelve aquí ahora mismo. No puedes irte así como así. ¿Qué va a pensar él?

Iseult se volvió un segundo, pero siguió andando hacia atrás y levantó ambos brazos.

—Lo hemos perdido todo, papá. No pienso hacerle una reverencia y ponerme de rodillas. Que se lleve a Devil's Kiss al establo si de verdad lo quiere tanto.

Después de haber pasado tantos años cuidando de su padre y de tres hermanos menores, su autoridad nunca era discutida en casa. Incluso su padre sabía cuándo debía dejarla en paz. Le debía demasiado.

Mientras caminaba hacia la casa, se fijó en el enorme todoterreno plateado con las ventanillas tintadas. Había un guardaespaldas junto al vehículo, alerta y atento a todo lo que le rodeaba.

Era igual que aquel ayudante insolente que había

inspeccionado la propiedad como si se tratara de una esclava a punto de ser subastada. Por aquel entonces ni siquiera habían anunciado que vendían la finca.

Iseult se volvió y siguió andando. Las lágrimas le nublaban la visión. Una parte de ella se avergonzaba de su falta de educación y grosería, pero había algo en el jeque que la instaba a levantar todas las defensas posibles, algo que la empujaba a mantenerse siempre en alerta.

Sencillamente no podía quedarse allí, viendo cómo le robaba a su caballo, humillada y convertida en un simple mozo de caballeriza.

Las lágrimas se secaron rápidamente. Las cosas serían así en su país, pero en Irlanda eran muy distintas. Se lo imaginaba en un exótico país de bárbaros, con decenas de harenes a su disposición, rodeado de mujeres semidesnudas que complacerían todos sus deseos. Sin duda se creía lo bastante importante como para aparecer en un pueblo de Irlanda rodeado de guardaespaldas.

Iseult entró en las cuadras y se quitó la gorra, soltándose el pelo. Respiró profundamente. Un sudor caliente le caía entre los pechos y a lo largo de la espalda. Sabía que llevaban tiempo librando una batalla perdida, y el final había llegado. Realmente no tenía motivos para sentir tanta antipatía por el jeque, pero era el nuevo dueño de su casa, de su hogar.

Miró a su alrededor y contempló los establos destartalados. Las fuerzas la abandonaron en ese momento. La fatiga y la pena le pasaban factura por fin. Apenas quedaban caballos. Y el picadero del final del camino también estaba vacío... La casa estaba a la derecha de los establos. En otra época había sido toda una casa de campo, reluciente y próspera, pero no era ni la sombra de lo que había sido. Había trabajado muy duro para mantenerlos a flote, pero todo les había salido al revés.

Habían ganado dos carreras muy prestigiosas recientemente, pero ese dinero apenas había servido para pagar una mínima parte de las deudas que se habían acumulado tras muchos años de mala gestión. El único as bajo la manga que les quedaba era Devil's Kiss, y estaban a punto de perderlo. El jeque tenía intención de llevárselo a su país para hacerle correr y para crear una nueva línea de ganadores. Iba a llevarse lo mejor de la granja y les convertiría en una mera cadena de montaje ecuestre.

Iseult no tenía inconveniente en ampliar el negocio, pero siempre había valorado por encima de todo el hecho de permanecer fiel a su propia identidad. Muchos habían vendido sus granjas a los árabes ricos y a los sindicatos, pero ya no había nada que les distinguiera de ellos.

Llena de pena, Iseult se dirigió hacia el establo de Devil's Kiss para prepararlo todo. Abrió una manguera y empezó a rociar la cuadra. Pensaba en su abuelo, en lo mucho que hubiera odiado vivir un día como ese. Había enfermado cuando ella tenía diez años, y le había seguido a todas partes hasta su muerte.

Todo había salido a la luz entonces.

Iseult ahuyentó los pensamientos tristes. Nada más demostrar su *pedigree*, Devil's Kiss había acaparado toda la atención, sobre todo porque llevaban mucho tiempo sin dar un caballo ganador. Todo el mundo sabía que estaban entre la espada y la pared, y que lo habían vendido todo excepto las yeguas más viejas para invertir en Devil's Kiss. El revuelo mediático sin duda debió de llamar la atención del jeque. Se habían convertido en un jugoso plato para los carroñeros.

Las lágrimas amenazaban con aflorar de nuevo y fue entonces cuando Iseult oyó el sonido de las herraduras al golpear el suelo. Se secó las lágrimas rápidamente y se dio la vuelta. El sol escogió ese momento para salir de su escondite entre los negros nubarrones y la hizo estremecerse. Se vio cegada momentáneamente. Lo único que veía era la negra silueta del jeque sobre los lomos de Devil's Kiss, como un mal presagio.

Durante una fracción de segundo, Nadim se quedó paralizado. La muchacha se había quitado la gorra. Era muy joven y su belleza quitaba el sentido. Su piel parecía de alabastro y tenía una larga cabellera, roja como el fuego. Pero eran sus ojos lo que más le llamaba la atención, almendrados y del color del ámbar.

–Si ya ha terminado la inspección, me llevaré a Devil's Kiss. Yo no soy parte del inventario de su nueva adquisición.

Su voz era sorprendentemente grave, pero Nadim no reparó en ello en ese momento. Su mirada altiva y soberbia acababa de desatar su rabia. Se bajó del caballo rápidamente. Una vez más se había dejado embelesar por alguien que no era más que un mozo de caballerizas. Ignoró la mano que ella había extendido para tomar las riendas y la atravesó con una mirada fulminante.

—Corríjame si me equivoco, señorita O'Sullivan, pero me parece que usted y su padre son parte del inventario. En el contrato de compraventa se especifica que todo el personal mantendrá su puesto de trabajo para garantizar un buen proceso de cambio. ¿Usted no es parte del personal?

—Soy algo más que un empleado. A lo mejor en el lugar de donde usted viene están acostumbrados a comprar y a vender personas, pero en este país ya hemos superado esas prácticas tan ancestrales.

—Tenga cuidado, señorita O'Sullivan. Está yendo demasiado lejos. Su insolencia es intolerable. No me gusta tener empleados que contestan groseramente y utilizan perros de presa para intimidar.

Iseult se sonrojó.

—Murphy no es un perro de presa. Simplemente es un poco protector. Su ayudante entró en una propiedad privada y yo estaba aquí sola.

—Usted ignoró una petición formal para venir a visitar la finca, aunque todo el mundo sabía que estaban a punto de ponerla en venta.

Iseult no fue capaz de mirarle a los ojos.

—¿Tengo que recordarle que muy pronto seré el dueño de todo lo que ve a su alrededor, y que podría echarla de aquí para siempre?

Algo brilló en esos ojos insondables. Incluso pudo haber dicho algo que sonaba como un juramento entre dientes.

Iseult retrocedió y Nadim se detuvo.

De repente tuvo el impulso de disculparse, pero

reprimió las ganas. No recordaba la última vez que había tenido que disculparse por algo. Además, no tenía por qué rebajarse entablando una conversación con alguien como ella. Era una empleada más, una entre miles, repartidos por todo el planeta.

Le entregó las riendas por fin.

–Devil's Kiss viajará mañana. Asegúrese de que esté preparado.

Capítulo 2

UN RATO después, Iseult entró en casa por la puerta de atrás. Se quitó las botas de una patada y fue hacia la cocina. La señora O'Brien, el ama de llaves, parecía un tanto agobiada y Murphy no hacía más que interponerse en su camino.

Iseult lo hizo salir y se volvió hacia ella.

–¿Qué pasa?

La mujer sopló para apartarse el pelo de la cara.

–Tu padre me ha dicho hace poco más de una hora que el jeque va a comer aquí, con él y con los abogados. Eso significa que tengo que cocinar para cinco. No recuerdo haber tenido que cocinar para tanta gente desde que los chicos se fueron a la universidad.

Los «chicos», como ella les llamaba cariñosamente, eran sus hermanos menores, Paddy Junior y los mellizos, Nessa y Eoin.

Iseult sintió el aguijón de la ira nuevamente, pero agarró un delantal y se dispuso a ayudar a la señora O'Brien. La mujer se lo agradeció con una sonrisa.

Más tarde, frente a la puerta del comedor, con una sopera en las manos, Iseult titubeó un momento. Al otro lado de la puerta se oía la voz profunda y sensual del jeque. ¿Sensual? ¿Cuándo se había vuelto sensual? Apretó los dientes, esbozó su mejor sonrisa y entró.

Se hizo el silencio en la sala. Evitando todo contacto visual, se dirigió hacia la mesa. Su padre le había cedido al jeque el lugar de honor en la cabecera de la mesa. Con una mano temblorosa, les sirvió la sopa a los abogados, a su padre y, por último, al jeque. Manteniendo la compostura a duras penas, recogió la sopera y dio media vuelta. De camino a la puerta oyó que su padre se aclaraba la garganta.

—Iseult, cariño, ¿no vas a comer con nosotros?

Había una súplica en su voz.

Iseult vaciló un instante.

—¿Desde cuándo comen con los dueños los mozos de cuadra y los sirvientes? Me parece que no, señor O'Sullivan. Su hija no puede participar en esta conversación privada.

Iseult se volvió hacia el jeque. Todavía tenía la sopera sujeta contra el cuerpo, pero tenía ganas de estampársela en la cabeza a modo de sombrero. Esbozó su sonrisa más dulce y exageró su acento irlandés más chabacano.

—No podría estar más de acuerdo, jeque. Sé muy bien cuál es mi sitio, y tengo un caballo que preparar para mañana, pero eso lo haré cuando termine de servir la comida. Por supuesto.

Hizo una reverencia y dio media vuelta. Mientras caminaba hacia la puerta creyó oír una risita contenida. Parecía ser su propio abogado.

Dejó que la señora O'Brien sirviera el resto de los platos, pero, cuando llegó el momento de sacar los cafés, no tuvo más remedio que volver a salir.

El silencio, cargado de tensión, la envolvió al entrar en la sala. Podía sentir esa mirada afilada sobre la piel.

No miró a nadie a la cara, pero sí se fijó en el rostro de su padre. Parecía algo enrojecido... Miró el vaso que tenía al lado. Por suerte no era más que agua. Llevaba años sin beber alcohol, pero estaban viviendo días difíciles y era fácil caer en la tentación.

Haciendo malabarismos con los platos, logró llegar a la puerta. Estaba cerrada. Pensó qué podía hacer durante un instante y entonces sintió una ominosa presencia a sus espaldas. De repente vio que una mano le abría la puerta.

Al dar un paso atrás, no pudo evitar chocar contra él. Durante una fracción de segundo, sintió su pecho contra la espalda. Era como una pared de acero. Estuvo a punto de tirar todos los platos al suelo, pero él la ayudó a salir con un movimiento rápido y cerró la puerta tras de sí. Se detuvo delante de ella.

—No he disfrutado del espectáculo, señorita O'Sullivan. Si vuelve a hacerme otra como esa, ni su padre ni usted volverán a pisar este lugar. Su nombre pasará a la historia de la noche a la mañana. Empiezo a pensar que he sido demasiado generoso en lo que respecta a su padre, y tengo serias dudas de su capacidad para llevar este sitio. No sé a qué se debe su aversión. Yo no he tenido nada que ver con el declive de esta granja y no nos hemos visto antes. Le sugiero que piense en ello antes de que nos reunamos de nuevo después de la comida.

Los platos temblaron en los brazos de Iseult.

—¿A qué se refiere?

—Después de diez minutos de conversación me he dado cuenta de que su padre no controla nada de lo que pasa aquí, al igual que esa agradable señora que

nos ha preparado la comida. Al parecer, la he infra-
valorado un poco, señorita O'Sullivan. Me reuniré
con usted dentro de una hora en el despacho de su padre y me explicará todo lo que tengo que saber.

Pasó por su lado y volvió a entrar en el comedor.
La puerta se cerró discretamente.

Iseult se quedó allí parada. El corazón se le salía
del pecho. De pronto oyó a la señora O'Brien. La po-
bre mujer resoplaba mientras subía las escaleras, car-
gada con los postres y los cafés. Rápidamente, Iseult
dejó los platos en una mesa cercana, le abrió la puerta
y huyó hacia la cocina. Se puso sus viejas botas y salió al exterior.

Respiró profundamente varias veces y se tocó las
mejillas. Las tenía ardiendo. ¿Qué le estaba ocurriendo? El jeque tenía razón. No era culpa suya que
se encontraran en esa situación. Se dirigió hacia los
establos. Al oírla acercarse, Devil's Kiss sacó la cabeza y relinchó. Iseult sonrió con tristeza y le acarició
la nariz.

–Este es nuestro último día juntos, Devil. Mañana
te vas –se le hizo un nudo en la garganta. Inevitable-
mente, sus pensamientos volvieron al jeque. Continuó acariciando al caballo y apretó los labios.

Era un hombre duro, implacable, indescifrable, y
sin embargo... Apelaba a su parte más femenina y se-
creta. Verle en carne y hueso le había despertado algo
desconocido, algo que jamás hubiera esperado sentir
a esas alturas.

Después de perder a su madre a la edad de doce
años, se había acostumbrado a la vida de los hombres
y no había vuelto a tener una figura femenina en la

que fijarse. Una vez había intentado ser una chica, pero la humillación había sido demasiado grande como para volver a intentarlo de nuevo.

Iseult masculló un juramento. ¿Por qué tenía que acordarse de eso? Se negaba a reconocer que un perfecto desconocido pudiera haber desenterrado esos recuerdos dolorosos. Además, era imposible que un hombre como ese fuera a fijarse en alguien como ella. Había visto fotos de las mujeres con las que salía en Internet. Todas eran hermosas, refinadas, glamurosas... todo lo que ella no sería jamás.

Dio media vuelta y regresó a la casa con reticencia. Lo último que quería era volver a ver al jeque, pero no le quedaba más remedio que ofrecerle algún tipo de disculpa.

Se cambió las botas por unas zapatillas de deporte y fue hacia el despacho. Se paró frente a la puerta. Respiró profundamente, llamó y entró.

El jeque estaba junto a la ventana, admirando el verde paisaje que se extendía ante sus ojos. Al notar su presencia se dio la vuelta lentamente.

Iseult se quedó junto a la puerta.

–Le debo una disculpa.

Él guardó silencio. No iba a ponérselo fácil.

–Siento haber sido tan...

–¿Grosera? ¿Insoportable? ¿Como un adolescente petulante?

Iseult se mordió la lengua y apretó los puños. El jeque se sentó frente al enorme escritorio y se cruzó de brazos.

–Me disculpo por mi comportamiento. No tenía ningún derecho a faltarle al respeto de esa forma.

–No. No lo tenías –parecía un poco sorprendido–. Pero entiendo que se trata de una situación muy difícil, así que estoy dispuesto a concederte el beneficio de la duda, por ahora –bajó la vista un momento y la miró de arriba abajo.

Iseult sintió un sudor frío. ¿Por qué se sentía como si la desnudara con la mirada cada vez que la miraba así?

–Después de todo, no debes de tener más de... ¿Cuántos? ¿Dieciocho años?

–No soy una niña. Tengo veintitrés años.

Nadim sintió una punzada de dolor por dentro, pero su rostro permaneció impasible. Tenía la misma edad que Sara cuando...

–Bueno, es evidente que eres una inmadura para tu edad, y no soportas la idea de dejar de ser la señora de la casa.

Iseult sintió el embate de la furia.

–Es evidente que no has inspeccionado bien tu propiedad, jeque –le dijo, tuteándole directamente–. Hace mucho tiempo que no hay una señora de la casa en este sitio. Todo el mundo trabaja de sol a sol aquí para que el negocio siga funcionando. Incluso la señora O'Brien lleva meses sin cobrar. Sigue con nosotros por lealtad, y porque le damos un techo –su voz se volvió más amarga–. Pero está claro que el trabajo duro no basta para capear el temporal.

–Ni tampoco un buen caballo.

–Ni tampoco un buen caballo.

Nadim se sorprendió al ver que se rendía tan pronto.

Estaba claro que había puesto el dedo en la llaga. La miró con más atención y se dio cuenta de que estaba demasiado delgada para su constitución y su tez tenía una tonalidad demasiado pálida. Tenía oscuras bolsas bajo los ojos.

–¿Tu padre sigue bebiendo? –le preguntó sin rodeos.

Ella se sonrojó. Sacudió la cabeza.

–No ha bebido ni una gota en más de siete años. Y no va a volver a beber.

Nadim hizo una mueca.

–Ni siquiera tú puedes garantizar algo así, y vi cómo le mirabas antes, hasta que te diste cuenta de que estaba bebiendo agua. ¿Cómo sabes que este cambio no le va a afectar más de lo que puede soportar?

–Las cosas empezaron a ir mal cuando mi abuelo enfermó, hace trece años. Tuvimos muy mala suerte. Los dueños de los caballos que estábamos entrenando se pusieron nerviosos tras la muerte de mi abuelo y buscaron otros entrenadores. De repente dejamos de estar de moda, y tuvimos que competir con otras granjas que tenían mucho más éxito y recursos que nosotros. Poco después de la muerte de mi abuelo falleció mi madre, y esa fue la gota que colmó... –no terminó la frase.

El jeque la miraba con unos ojos penetrantes.

–¿Qué pasó entonces? ¿A quién trajo tu padre para que este lugar siguiera funcionando?

Iseult sacudió la cabeza. Por primera vez en su vida sentía una vergüenza insoportable. Era terrible oír la historia completa... de su fracaso.

–A nadie. Todos hicimos una piña. Yo... –se de-

tuvo y volvió a levantar la barbilla–. Yo ayudé a mi
padre todo lo que pude y he trabajado aquí a tiempo
completo desde que dejé los estudios.

El rostro del jeque no tenía expresión alguna, pero
Iseult podía ver la tensión en sus músculos.

–¿Y tus hermanos?

–Tengo dos hermanos y una hermana. Están en la
universidad en Dublín. Me ayudaban cuando podían.

–¿Y Devil's Kiss? ¿Le entrenaste tú?

–Con mi padre. Ambos lo hicimos.

–¿Cómo sabes que no le has entrenado demasiado? ¿Cómo sabes que no ha empezado a despuntar
demasiado pronto?

Iseult sintió el latigazo del orgullo.

–¿Crees que despunta demasiado pronto? ¿Al
montarle hoy no te diste cuenta de que esas carreras
que ha ganado solo son el comienzo?

Su seguridad era sorprendente.

–Te veo muy segura de ti misma.

–Porque conozco a los caballos, y conozco a Devil's Kiss. Todavía no ha demostrado todo su potencial. Es un purasangre auténtico, de linaje. Es hijo de
Hawk Eye y de Sheila's Wish, descendiente directa
de Reina de Tara.

Nadim conocía el linaje de Devil's Kiss de principio a fin.

–Si lo que cuentas es verdad... Sabes lo que estás
diciendo, ¿no?

Iseult asintió.

–Podría llegar a ser un caballo muy especial.

–Más que especial. Podría ser un campeón mundial –se puso en pie.

Iseult retrocedió de manera instintiva y le siguió con la mirada mientras rodeaba el escritorio.

Tras sentarse en la alta silla de cuero que había pertenecido a su abuelo, le hizo señas para que tomara asiento al otro lado de la mesa.

–Los papeles están firmados, Iseult –le dijo, hojeando los documentos–. Ahora soy el dueño de todo –la atravesó con la mirada–. Soy tu dueño.

–¿Y...? ¿Qué...?

–Es un efecto dominó. Esta va a ser mi base de operaciones en Europa, y va a necesitar mucho trabajo. Como ya debes de saber, he comprado la tierra aledaña.

Iseult asintió.

–Ya he contratado a un nuevo gerente que también se va a hacer cargo de la pista de entrenamiento.

Iseult contuvo el aliento.

–Creía que ibas a dejar que mi padre... –la rabia le nublaba la vista–. Si crees que puedes entrar aquí de esta manera y...

Nadim se levantó de la silla y apoyó ambas manos sobre el escritorio.

–Deja de hablar, ahora mismo.

Volvió a sentarse y se revolvió el cabello. Su cuerpo irradiaba impaciencia.

–Eres increíblemente impertinente. Nadie me habla de esa forma. Nadie. Si estás aquí, manteniendo esta conversación conmigo, es porque reconozco el papel que has tenido en este lugar. Eso es todo. Créeme cuando te digo que en cualquier otra circunstancia ni siquiera me hubiera percatado de tu existencia.

Iseult apretó los labios para no dejar escapar las palabras que pugnaban por salir de su boca.

–Tu padre se queda, tal y como te prometí, pero de momento va a ser un supervisor. No voy a dejar que una persona que ha dejado caer el negocio de esta manera tome las riendas de nuevo. Y aunque trates de defenderle a capa y espada, no me queda claro que sus problemas del pasado hayan terminado del todo.

Iseult sintió que la sangre abandonaba sus mejillas. No era capaz de mirarle a los ojos. Se sentía como si pudiera ver dentro de su alma.

–Mi nuevo gerente empieza mañana, y espero que puedas ponerle al día. Sé que todavía tienes algunas yeguas. Tener un campo de entrenamiento aquí mismo es una gran ventaja, y eso es exactamente lo que quiero. Después habrá que adquirir nuevos potros, tusones, sementales y yeguas para levantar esto de cero.

Iseult asintió. Una chispa de esperanza se había encendido en su interior.

–Puedo ponerle al tanto de todo cuando venga... Pero tenemos tiempo, ¿no? Las ventas de otoño no empiezan hasta dentro de algunas semanas.

Nadim se limitó a observarla. Palabras silenciosas hacían vibrar el aire entre ellos.

–Él tendrá mucho tiempo, sí. Y tu padre también. Tú, en cambio, solo vas a tener una mañana para ponerle al día, porque mañana te vas a Merkazad con Devil's Kiss.

Capítulo 3

ISEULT miró al jeque con desconcierto. Sacudió la cabeza.

–¿Merkazad? ¿Qué es Merkazad? Aquí me necesitan.

–Merkazad es donde yo vivo. Mi país. Es un reino independiente situado al sur de Al-Omar. Y... Sí. Vas a venir.

Un miedo atroz paró el corazón de Iseult un instante.

–Pero... ¿por qué? ¿Por qué ibas a necesitar que fuera a tu país? No te faltan recursos para el negocio ecuestre.

–¿Me has estado investigando?

Iseult se sonrojó.

–Simplemente te busqué en Internet para saber quién era el nuevo dueño de la granja. Eso es todo.

Nadim no podía creerse que estuviera manteniendo una conversación como esa. Él siempre le decía a la gente lo que quería y ellos obedecían.

–Vas a venir a Al-Omar y después a Merkazad. Se acabó la discusión sobre el tema.

Iseult se levantó con brusquedad y dio media vuelta. Extendió una mano, como si así pudiera abarcarlo todo.

–No puedo irme de aquí. Este es mi hogar. Llevo

toda la vida trabajando aquí. Mi padre... ¿Cómo va a arreglárselas sin mí? ¿Y los chicos? Yo soy todo lo que tienen. No puedo dejarles atrás.

El jeque también se había puesto de pie. Todo su cuerpo estaba tenso, atenazado por la rabia.

–¿Quiénes... son los chicos? No me digas que tienes un montón de hijos y que tu padre olvidó mencionarlo.

–No. No tengo hijos. Estoy hablando de mis hermanos. Desde que murió mi madre, solo me han tenido a mí.

Nadim rodeó el escritorio parcialmente. Verla alejarse le enfurecía aún más.

Se obligó a mirarla a la cara e ignoró el deseo que crecía en su interior. El efecto que tenía sobre él no dejaba de sorprenderle.

–Dijiste que todos estaban en la universidad.

–Sí... Pero los mellizos solo tienen dieciocho años. Nunca han estado lejos de casa.

–Su casa no se va a ir a ninguna parte. He sido muy generoso dejando que tu familia se quede aquí.

–No. Pero si no estoy aquí... ellos...

Mientras pronunciaba las palabras se dio cuenta de lo patéticas que eran.

–Cuando tenía dieciocho años, ya le había dado la vuelta al mundo dos veces.

Iseult miró al jeque a la cara. Había arrogancia en su expresión.

–Vienes de un sitio muy distinto.

–No es tan distinto. Estudié en Inglaterra, y no en una tienda de campaña en mitad del desierto, como te imaginas. Pero aun así me marché en cuanto supe lo que era ser independiente. Tus hermanos ya son mayores y no eres su madre.

Iseult se sonrojó. Reprimió las ganas de decirle que era como si lo hubiera sido.

–Sé muy bien cómo es. Yo perdí a mis padres cuando era muy joven y tuve que asumir toda la responsabilidad de llevar un país, aparte de cuidar de mi hermano. A tus hermanos les vendrá bien saber que no siempre vas a estar ahí para ellos, y a tu padre también le vendrá bien asumir su papel y tomar la batuta. Él estará aquí si le necesitan.

–Pero ¿qué voy a hacer yo en Merkazad?

–Trabajarás para mí. Al principio trabajarás en los establos, pero con el tiempo quizás te deje participar en el entrenamiento de Devil's Kiss, una vez esté seguro de tus habilidades. Mi objetivo es que corra cuando tenga tres años, en el Prix de l'Arc del año que viene. Esa carrera puede servir de preparación para el campeonato mundial de Dubái del año siguiente, así que mi mayor preocupación ahora mismo es que no esté destacando demasiado pronto.

–¿Y si me niego a ir?

El jeque Nadim avanzó. Iseult tuvo que esforzarse por no salir huyendo. Se quedó delante de él.

–Es muy sencillo, Iseult. Si te niegas, tendrás que abandonar esta propiedad para siempre. Si te niegas, no trabajarás para mí de ninguna manera.

–No puedes hacer eso. Mi padre seguiría aquí.

–Bueno, podría arreglarlo todo para que fuera de otra manera. Como he dicho antes, todavía no me queda claro que su presencia vaya a ser un beneficio en esta granja.

–Mi padre es un entrenador brillante. Simplemente ha pasado por una mala época. Eso es todo. Es que no podía...

Iseult se detuvo. Ya había hablado demasiado.

–¿No podía hacerse cargo de todo? ¿Era eso lo que querías decir?

–Mi padre es un buen hombre y conoce muy bien el negocio. Me ha enseñado todo lo que sé. Y conseguirá sacar esta granja adelante... con ayuda. Solo necesita una oportunidad.

El jeque pareció ignorar sus últimas palabras.

–¿Fue él quien te enseñó a ser tan testaruda?

–En el sitio de donde yo vengo, las mujeres son independientes, tienen opinión propia y no tienen miedo de compartirla con los demás. Siento que no estés acostumbrado a eso.

Nadim sonrió con sorna.

–Creo que no lo sientes en absoluto. Verás que en mi país las mujeres hacen exactamente lo mismo –la miró de arriba abajo con un gesto despreciativo–. Pero son mucho más amables.

Iseult apretó los puños.

–¿Entonces mi única opción es trabajar para ti, o dejar que me echen de la tierra que ha sido de mi familia durante generaciones?

Nadim apretó la mandíbula.

–Creo que te darás cuenta de que en realidad te están ofreciendo una oportunidad por la que muchos matarían. Y sí que tienes elección, Iseult. Hay un mundo enorme ahí fuera. No te estoy impidiendo que busques trabajo en otro sitio. Estoy seguro de que con tu experiencia y talento no tendrás problema en encontrar trabajo pronto. ¿Y quién sabe? A lo mejor llegas a ser una entrenadora importante algún día.

Iseult abrió la boca para darle una respuesta acalorada, pero el jeque levantó un dedo.

–Pero si vienes a trabajar conmigo, tendrás la oportunidad de que te enseñen los mejores. Y cuando vuelvas a trabajar aquí, si es que vuelves, todo ese conocimiento te será de gran ayuda. Además, también tendrás la oportunidad de ver madurar a Devil's Kiss. Verás cómo saca todo ese potencial que creemos que tiene. ¿Vas a renunciar a algo así?

Iseult guardó silencio unos segundos. La realidad se imponía sin piedad. No podía dejar escapar una oportunidad como esa. Devil's Kiss era el último descendiente de una línea de sangre que le había dado un nombre a la granja en otra época. Era el legado de su padre. Habían tenido que vender el resto de ejemplares para sobrevivir.

Levantó la vista y le miró a los ojos.

–¿Por qué haces esto? Quiero decir que... ¿Por qué no nos despides a todos sin más?

Los ojos del jeque emitieron un destello peligroso. Era evidente que no estaba acostumbrado a que cuestionaran sus decisiones.

–Porque sé lo que se siente cuando todo lo que tienes está en peligro. Sé que esta es una comunidad pequeña, y no quiero empezar con mal pie. No quiero que los vecinos tengan reparos en hacer negocios conmigo, por lealtad hacia tu padre. Además, tampoco tiene sentido echar a tu padre o al ama de llaves, si ellos conocen a fondo estas tierras. Creo que tenerles aquí es algo mucho más valioso que el salario que voy a pagarles.

Su rostro se endureció. Iseult se estremeció.

–Pero, habiendo dicho eso, también soy consciente de que será conveniente traer personal a largo plazo, así que... ¿Qué decides? Mi paciencia se está agotando.

–¿Cuánto tiempo quieres que me quede en Merkazad?

–Te quedarás todo el tiempo que sea necesario.

–Muy bien. Viajaré a Al-Omar contigo y con Devil's Kiss mañana.

El jeque Nadim esbozó una sonrisa burlona.

–Oh, no vas a viajar conmigo. Yo me marcho en cuanto llegue el nuevo gerente mañana por la mañana. Vas a viajar con el caballo. Y espero que llegue en las mismas condiciones en que está ahora.

Miró su carísimo reloj de pulsera.

–Y ahora, si me disculpas, tengo que asistir a un evento en Dublín esta noche. El helicóptero me está esperando para llevarme de vuelta al hotel. He preparado el viaje de Devil's Kiss y el avión está listo. Uno de mis veterinarios se encontrará contigo por la mañana y te acompañará durante el viaje. Espero que lo tengas todo listo para viajar mañana.

Iseult hubiera querido decir que no tenía pasaporte. Después de todo, jamás había ido más allá del Reino Unido.

–Estaré lista –dijo, no obstante. No tenía excusa.

Esa misma mañana, un poco más tarde, el avión de Nadim despegó del aeropuerto de Dublín. Miró por la ventanilla, pero los campos verdes e interminables no bastaban para disipar el único pensamiento que tenía.

Un rostro, un cuerpo... Era como si su imagen se le hubiera grabado con fuego en la mente.

Iseult O'Sullivan. Recordaba el temblor que la había sacudido cuando se había detenido detrás de ella en el comedor.

Apretó los puños. ¿Cómo había podido contarle tantas cosas de las que nunca hablaba, ni siquiera con sus consejeros más allegados? Debería haberla dejado allí. Era lo más sensato.

¿Qué había hecho? ¿Por qué lo había hecho? El primer recuerdo que tenía de ella se impuso en su memoria. La vio sentada sobre el lomo de Devil's Kiss, tan altiva y mayestática. Había hecho lo correcto. El cambio debía ser lo menos traumático posible para Devil's Kiss y el caballo estaba claramente apegado a ella.

Nadim sintió que se le relajaban los músculos. Simplemente trataba de proteger su nuevo negocio, manteniendo a Iseult O'Sullivan a su servicio. En cuanto llegaran a Merkazad, el hechizo se rompería, igual que un espejismo en el desierto.

Estaba acostumbrado a controlar el deseo que sentía por las mujeres, pero ella le había tomado por sorpresa. Había aprendido la lección, no obstante, y lo había hecho de la forma más triste.

Iseult parpadeó y respiró ese aire extranjero y exótico. Habían aterrizado en un pequeño aeropuerto de Al-Omar y el veterinario estaba examinando a Devil's Kiss. Bajó del avión. El calor se hacía insoportable incluso con la fina chaqueta que llevaba puesta.

No podía ver mucho porque era de noche, pero el último aliento de un día muy caluroso la envolvía como una gruesa capa. De pronto oyó el ruido de unos motores. Dos todoterrenos oscuros se acercaban por la pista. Uno de ellos llevaba un remolque. Se detuvieron. Y el corazón de Iseult también se paró un instante. ¿Él iría a recibirla?

Los ocupantes de uno de los vehículos salieron a la pista. Él no estaba entre ellos... Iseult se sintió como una tonta de repente. No era más que una empleada.

Nadim vaciló antes de bajar del coche. Iseult O'Sullivan estaba sobre la pista, más vulnerable que nunca. Incluso a esa distancia podía ver las bolsas que tenía bajo los ojos. Llevaba el pelo recogido en una coleta despeinada.

Se había convencido de que era perfectamente normal ir a recibirla al aeropuerto, pero la encargada de los establos, Jamilah, no le había concedido el beneficio de la duda. La mirada que le había dedicado al verle salir hablaba por sí sola. No era necesario que le recordara que jamás había hecho algo así, sobre todo porque siempre era ella quien iba a recoger a los caballos a su llegada a Al-Omar.

Iseult veía cómo se acercaban los hombres uniformados y cada vez se sentía más sola. Estaba en una tierra desconocida, rodeada de gente extraña. ¿Y si no hablaban inglés? ¿Y si no la esperaban?

De repente sintió un cosquilleo en la nuca y oyó

que se abría la puerta del otro vehículo a sus espaldas. Se giró, y entonces le vio. Iba vestido de negro y parecía más exótico y peligroso que nunca.

Fue hacia ella.

–Espero que hayas tenido un buen viaje.

Iseult se limitó a asentir con la cabeza.

Él les hizo señas a los hombres uniformados, que se habían detenido a una distancia prudencial.

–Estos hombres son de inmigración. Comprobarán tu documentación y te darán el visado de trabajo que he preparado para ti.

Iseult murmuró algo con la esperanza de que fuera inteligible. La cabeza le daba demasiadas vueltas. Aquello no era lo que esperaba y resultaba muy inquietante saber que ese hombre le había organizado la vida en un plazo de treinta y seis horas.

La antipatía y la desconfianza habían dado paso a algo indefinido, un temor innombrable.

En un tiempo récord, los hombres le devolvieron el pasaporte con una sonrisa. El jeque Nadim estaba con el veterinario, ayudándole a bajar a Devil's Kiss por la rampa.

Al verla acercarse, la miró.

–¿Cómo ha pasado el viaje?

Iseult miró al veterinario, buscando una confirmación. El hombre asintió con la cabeza.

–Muy bien.

–Eso son buenas noticias –dijo Nadim–. A veces si un caballo no pasa bien el viaje, es un síntoma de problemas.

Juntos metieron a Devil's Kiss en el remolque para caballos más lujoso que Iseult había visto jamás y, tras haberse despedido del veterinario, Nadim trasladó su equipaje al todoterreno.

Cuando salieron de la pista, Iseult se fijó en los vehículos escolta. Uno de ellos iba delante y el otro detrás. Llevaban banderitas a ambos lados del capó para señalizar su carácter oficial.

—No esperaba verte en la pista.

Nadim le lanzó una mirada superficial.

—Tuve una reunión con el sultán de Al-Omar, pero él tuvo que marcharse de repente, así que decidí volver a casa esta noche. Tengo una reunión en Merkazad por la mañana y no puedo perdérmela.

Iseult se retorció las manos sobre el regazo.

—Tendrás tiempo para instalarte y descansar una vez lleguemos a los establos. No espero que empieces a trabajar directamente.

Iseult le miró. Contempló su precioso perfil.

—Todo ha sido un poco precipitado... Esto no es exactamente lo que esperaba.

Él inclinó la cabeza.

—La encargada de los mozos se llama Jamilah. Te lo enseñará todo por la mañana y te explicará cómo funcionan las cosas por aquí. Será ella quien decida las funciones que vas a desempeñar.

Al ver que guardaba silencio, la miró con burla.

—No esperabas que contratara a una mujer para ese puesto, ¿no?

Iseult se sonrojó.

—No es muy común. Incluso en Irlanda es más fácil encontrar caballerizas en las que solo trabajan hombres.

—Pues ya verás que en Merkazad las mujeres desem-

peñan toda clase de trabajos, aunque en los pueblos la
actitud es un poco más conservadora y tradicional. Tra-
tamos de conservar las costumbres. Es una pena que la
forma de vida nómada tradicional de los beduinos se
esté convirtiendo en algo del pasado. Los guerreros beduinos son los ancestros de mi pueblo. Merkazad siempre ha sido un punto estratégico defensivo.

Iseult sintió una curiosidad repentina, pero le daba
vergüenza preguntar, así que se limitó a preguntarle
cuánto faltaba para llegar a Merkazad.

—No tardaremos mucho. Normalmente llevaría-
mos a los caballos a B'harani, la capital de Al-Omar,
pero el viaje duraría dos horas más. A veces usamos
ese aeropuerto, porque está más cerca de la frontera
con Merkazad. Estamos construyendo un pequeño
aeropuerto al norte de Merkazad, pero no estará listo
hasta dentro de un año.

—Oh... —Iseult guardó silencio y contempló la oscuridad impenetrable. Se preguntó qué habría ahí
fuera.

¿Era el desierto? Había visto el mar mientras so-
brevolaban el país, así que no debían de estar lejos
de la costa. La noche anterior había leído algo sobre
Merkazad en Internet. Era un país diminuto, delimi-
tado por una cordillera que servía de frontera natural
con Al-Omar. Había sido gobernado por el padre de
Nadim hasta su muerte, veinte años antes.

Al parecer, diversos gobernantes del país vecino
habían intentado anexionar el territorio en varias ocasiones y se habían librado guerras por ello, pero el
sultán de Al-Omar había llegado a un acuerdo de paz
con el jeque Nadim quince años antes.

Estaban subiendo hacia las montañas en ese momento.

—Una vez hayamos pasado las montañas, la altitud bajará. El país se asienta en el valle que está entre las montañas. Probablemente te sorprenda cuando lo veas, si lo que esperas es un desierto. Tenemos nuestro propio ecosistema, gracias a la topografía, y somos la única región que tiene monzón. Acabamos de salir de él, así que la vegetación está en todo su esplendor.

Poco después, Iseult empezó a notar que descendían y un rato más tarde comenzó a ver las primeras luces de la ciudad. De repente recordó las imágenes que salían en la televisión de Las Vegas; un mar de luces en medio del desierto.

No había rascacielos, ni edificios con más de dos o tres plantas, pero todo brillaba. Era tarde. Había poca gente en la calle. Una preciosa mezquita iluminada les hacía sombra a las estrellas del cielo. La arquitectura de los edificios era una mezcla entre lo árabe y lo europeo. Iseult recordaba haber leído algo acerca de una breve invasión de los colonialistas portugueses. Las calles eran anchas y rectas, y estaban flanqueadas por palmeras que se mecían al ritmo de la brisa nocturna.

Después de atravesar aquella interesante ciudad, el jeque Nadim giró hacia un camino más zigzagueante que llevaba a un complejo de paredes blancas. En el cartel se leían las palabras *Al Saqr Stables*. Las enormes puertas de hierro se abrieron lentamente y los vehículos entraron uno tras otro.

Iseult miró a su alrededor, maravillada. Los por-

tones daban paso a un enorme patio lleno de toda
clase de vehículos. Había una zona de césped y una
fuente cuyos chorros apuntaban al cielo para después
convertirse en una rutilante cascada que caía en un
estanque.

Los vehículos de la seguridad se detuvieron. Iseult
vio salir a los grandes guardaespaldas. Nadim, en cambio, siguió adelante y tomó un desvío que llevaba a la
derecha.

—Te llevo a donde se aloja el personal, junto a los
establos. Uno de los mozos se encontrará con nosotros y se llevará a Devil's Kiss a su nueva cuadra.

Iseult empezaba a sentirse mareada, y no sabía si
era por el cansancio, por la tensión acumulada, o por
el jeque Nadim.

El todoterreno se detuvo. Iseult bajó. Estaban en
otro enorme patio. A un lado había establos modernos y al otro se alzaba un edificio bajo de una planta
con forma de «L».

Oyó voces a sus espaldas y, al volverse, se encontró con la mujer más hermosa que había visto en toda
su vida. Nadim la estaba saludando. Iba en vaqueros
y camiseta y tenía una larga melena negro azabache
que le caía por la espalda. Tenía unos grandes ojos
muy azules. Al percatarse de su presencia, la chica le
sonrió y le tendió la mano.

—Hola, soy Jamilah, la encargada. Bienvenidos a
Merkazad y a los establos Al Saqr.

Iseult le estrechó la mano y miró al jeque Nadim.

—Creí que te había dicho que no te quedaras a esperar.

La joven seguía sonriendo.

–Pero ¿cómo no iba a quedarme para recibir a Iseult, y a este maravilloso caballo del que tanto hablas? No ha sido nada. Simplemente me puse la alarma para acordarme de cuándo llegabas.

Fue hacia el mozo que acababa de aparecer para abrir el remolque. Sacó a Devil's Kiss y lo examinó a conciencia.

–Es una preciosidad. Has hecho un buen trabajo. Veo que va a ser una suerte poder contar contigo, Iseult.

Iseult se sonrojó. Nadie, a excepción de su padre y de su abuelo, le había dedicado un cumplido jamás.

–Gracias.

Mientras caminaba detrás del mozo que se llevaba a Devil's Kiss, podía sentir la intensa mirada de Nadim en la piel. Jamilah apareció a su lado de pronto y la agarró del brazo. Tenía su maleta en la otra mano. Iseult intentó quitársela.

–Vamos. Debes de estar agotada después de haber cruzado medio mundo. Te enseñaré tu habitación y luego podrás descansar un poco. Ya habrá tiempo para enseñártelo todo mañana.

Iseult trató de bromear un poco.

–Sí. La vuelta al mundo en unas horas.

Por el rabillo del ojo vio que el jeque Nadim le hacía un gesto a Jamilah. Ella asintió con la cabeza. La comunicación era fácil entre ellos. Era evidente que había mucha confianza.

Iseult se sintió incómoda de repente. Estaba claro que Nadim había hecho algo inusual al haber ido a buscarla al aeropuerto, y debía de estar deseando marcharse. Parecía que ni siquiera se iba a molestar en darle las buenas noches.

El todoterreno del remolque abandonó el patio y Jamilah condujo a Iseult al edificio con forma de «L». Sacó la llave y abrió una puerta situada en el extremo más alejado. Iseult entró y dejó la maleta en el suelo. La planta baja era un espacio abierto, con cocina y una sala de estar amueblada en tonos blancos y neutros. En la planta superior estaba el dormitorio y el baño. Todo era lujoso, pero discreto.

Jamilah le estaba explicando unas cuantas cosas.

–Todos son iguales en este bloque. Yo estoy en el del otro extremo, más cerca de los establos. Ahí tengo el despacho también. Tenemos habitaciones más grandes para las parejas, y también tenemos casas, para los empleados que tengan familia. Están cerca de aquí. Espero que te encuentres a gusto.

Iseult se dio la vuelta, sorprendida de que Jamilah hubiera malinterpretado su silencio.

–Claro que sí. Es un sitio precioso. No sabía con qué iba a encontrarme, pero desde luego no era nada tan lujoso como...

Jamilah esbozó una sonrisa.

–Nadim cuida muy bien a sus empleados. Esa es una de las razones por las que se le respeta tanto y por las que los trabajadores dan lo mejor de sí mismos.

–Tú... –Iseult se mordió el labio inferior–. Le llamas Nadim... ¿No tenemos que llamarle jeque?

Jamilah se echó a reír.

–¡No! Eso no lo soporta –le lanzó una mirada seria, pero sus ojos traviesos la delataban–. Nadim prefiere un toque más informal, pero todos saben muy bien cuál es su lugar y le respetan como gobernante y líder de Merkazad. No te preocupes. Ya verás cómo es –la llevó a una ventana baja y señaló fuera–. Desde aquí se ve el castillo. Ahí vive Nadim.

Iseult miró fuera y tembló al ver a qué se refería. El castillo era más bien una fortaleza construida sobre una formación rocosa.

–Es del siglo XVI, y aunque ha sido reformado por dentro, el exterior permanece igual que cuando era una fortaleza de defensa. Dentro hay algunos de los mejores murales islámicos de la península arábiga. Expertos de todo el mundo vienen a estudiarlos –Jamilah se puso erguida y sonrió–. Te llevaré a verlo dentro de unos días, cuando ya te hayas adaptado un poco.

–¿Tú eres de aquí?

Una sombra cruzó el rostro de Jamilah durante una fracción de segundo.

–En parte. Mi madre era de aquí, pero mi padre era francés. Yo nací en Francia, pero entonces nos vinimos aquí. Mi padre trabajaba para el padre de Nadim. Mis padres murieron en el mismo accidente de avión en el que fallecieron los padres de Nadim, y como yo no tenía más familia, él me acogió en la suya.

–Lo siento mucho. No quería ser indiscreta.

Jamilah hizo un gesto.

–No te preocupes. Eso fue hace mucho tiempo. A Nadim se lo debo todo.

Fue hacia las escaleras, pero entonces se volvió de repente.

–Y... A pesar de lo que puedas estar pensando en este momento, Nadim es como un hermano mayor. Nada más.

Iseult se sonrojó de la cabeza a los pies.

–No pensaba... –dijo, tartamudeando–. No pensé... nada parecido.

Jamilah ya iba bajando las escaleras, con una sonrisa enigmática en los labios. Iseult fue tras ella, avergonzada.

La joven le indicó dónde estaba la despensa y luego se marchó, no sin haberle dicho que la dejaría dormir toda la mañana antes de ir a recogerla.

Esa noche, acostada en una cama extraña, Iseult solo pudo pensar en Nadim y en Jamilah. ¿Por qué había sentido algo parecido al alivio al enterarse de que no eran pareja? Era absurdo. No tenía derecho a imaginarse en esa clase de relación con un hombre como él.

Capítulo 4

A LA MAÑANA siguiente, Iseult se sorprendió al ver que había dormido once horas seguidas. Fuera se oía el murmullo del ajetreo matutino. Se dio una ducha rápida, bebió un poco de café y fue a investigar. De repente sentía el alma liviana. Nunca se había encontrado en una situación en la que no fuera completamente responsable de todo.

En cuanto abrió la puerta se detuvo. El golpe de calor la hizo perder el equilibrio un instante. Definitivamente tendría que salir de compras en algún momento. Los abrigos y camisetas de manga larga no eran apropiados para el clima del desierto. Los establos estaban llenos de empleados que hacían diversas actividades. Iseult se sintió culpable de pronto. De haber estado en casa, ya hubiera llevado horas en pie. Varias mujeres, vestidas con la abaya tradicional y con velos que les cubrían la cara, llevaban caballos a las cuadras, pero había otras con vaqueros y camisetas. Vio a Jamilah a lo lejos. Le hacía señas para que se reuniera con ella. Con una vaga sonrisa en los labios, Iseult se dirigió hacia la cuadra en la que había dormido Devil's Kiss esa noche. Un hombre rubio de aspecto amigable le dedicó una sonrisa de oreja a oreja al tiempo que bajaba de un todoterreno.

–Stevie, ¿no deberías estar en la piscina equina esta mañana, para sustituir a Abbas? –le preguntó Jamilah.

El hombre la saludó con descaro y siguió de largo.

–A Stevie Bourne le encanta coquetear. No tiene remedio. Ya ha dejado unos cuantos corazones rotos en Merkazad. Si no fuera tan buen mozo de caballeriza, le habría despedido hace mucho.

Después de comprobar que Devil's Kiss se encontraba bien, Jamilah se la llevó a dar un paseo en un carrito de golf. Le dijo que era la forma más rápida de moverse entre los establos.

Cinco minutos más tarde, Iseult miraba a su alrededor con la boca abierta. Había visto establos muy grandes en Irlanda, pero jamás había visto nada parecido a lo que veía en ese momento. Debían de entrenar a unos cien caballos, potros, yeguas... Vio a Desert Rose, ganador del campeonato de Longchamp el año anterior. Por mucho que especularan los medios, era evidente que no iba a ser semental todavía.

Le presentaron al jefe de los entrenadores, un francés de aspecto tranquilo llamado Pierre que tenía un selecto equipo a su disposición. Contaban con pista de entrenamiento de arena y de hierba, y también tenían una impresionante pista de carreras adaptada a todos los climas.

Cuando regresaron al establo principal, Iseult empezaba a sentirse abrumada, pero la visita turística no había hecho más que empezar. Nada más llegar, volvieron a salir rumbo al picadero, que estaba a casi tres kilómetros de distancia. De camino, Jamilah se dio cuenta de que no tenía ropa para el calor, así que pararon un momento en Merkazad para hacer algunas compras. A pesar de sus protestas, la joven se empeñó en pagar y le dijo que se lo descontaría del primer sueldo. Cuando regresaron al establo principal ya era más de media tarde. Jamilah siguió con sus tareas y la dejó en su habitación.

Después de ver a Devil's Kiss, Iseult se preparó algo de comer y buscó la sala común que Jamilah le había enseñado por la mañana. Quería llamar a su padre.

—Si te soy sincero, cariño, esta es la mejor solución. Podríamos haberlo perdido todo. Ya sé que todo esto ya no es nuestro, pero nuestro nombre sigue en la puerta y el nuevo gerente es un buen hombre. Me alegro de haberme quitado de encima el peso de llevar este sitio... Estoy deseando dedicarme al entrenamiento de nuevo.

Iseult colgó, no sin haberle recordado a su padre que los mellizos iban a casa ese fin de semana.

—¿Todavía sigues ocupándote de todo, desde aquí?

Iseult dio un salto al oír esa voz a sus espaldas.

Se volvió hacia el jeque Nadim.

—Solo estaba llamando a casa, para decirle a mi padre que estaba bien.

—¿Y lo estás? ¿Bien?

Iseult asintió. Esa preocupación repentina le resultaba sospechosa.

—Sí... Jamilah ha sido muy amable. Me lo ha enseñado todo.

—¿Descansaste bien anoche?

Iseult asintió de nuevo.

—Las habitaciones son muy confortables. Pensaba

que tendría suerte si conseguía un rincón del establo junto a Devil's Kiss.

El jeque Nadim se apartó de la pared. Iseult se sintió amenazada de inmediato.

–Vaya imaginación. Yo cuido de todos mis empleados. No tengo a mis mozos en barracones.

Iseult levantó la frente con orgullo. Hacía mucho tiempo que nadie la consideraba un mozo solamente.

–No tienes que recordarme cuál es mi lugar, jeque. No estoy en posición de exigir el derecho de seguir entrenando a Devil's Kiss.

–No. No tienes ese derecho. Todavía tenemos que ver cómo trabajas. Hay gente que lleva aquí un año y todavía no se ha ganado el derecho de trabajar a las órdenes de Pierre. Y no pienso dejar que vuelvas a llevarte a Jamilah de compras. Está demasiado ocupada y es demasiado valiosa para el funcionamiento de este sitio.

La injusticia de esa acusación la hizo contener el aliento.

–Yo ni siquiera quería irme de compras. Jamilah vio que mi ropa no era apropiada e insistió en llevarme. Y me alegro de que lo haya hecho. ¿Quién sabe cuándo hubiera podido salir? Sé que soy un estorbo aquí, y sé que me has traído porque crees que haría más daño que bien en casa.

Con dos zancadas rápidas estaba delante de ella. Apretó los puños. No quería extender las manos y soltarle el cabello que siempre llevaba recogido.

Desearla era del todo inapropiado. Él no se acostaba con sus empleadas. Además, era muy distinta a la clase de mujer en la que solía fijarse.

–Soy Nadim. Nadie me llama jeque aquí. Y eres tan libre como cualquier otro de explorar Merkazad en tus días libres. Jamilah tiene toda la información que necesitas para moverte por la ciudad –después de decir eso, dio media vuelta y se marchó.

Iseult se dejó caer sobre una silla. Durante una fracción de segundo había tenido la sensación de que iba a besarla. Se tocó los labios con las yemas de los dedos. Huyó a su habitación y se encerró allí.

Lo único que podía esperar era que no volviera a visitarla de nuevo.

Sus plegarias recibieron respuesta. No volvió a saber de Nadim en dos semanas. Se adaptó a la rutina de los establos con facilidad y durante una conversación le oyó decir a Jamilah que el jeque estaba en Europa.

Sin embargo, no volver a verle no la hizo sentir el alivio que esperaba en un principio. Por mucho que se esforzara, no era capaz de dejar de pensar en él. La gente le mencionaba todo el tiempo, con respeto y reverencia. Nadie tenía nada malo que decir de él.

Empezó a preguntarse cómo era posible que apenas estuviera empezando a hacerse un nombre en el mundo de las carreras. Los establos y el picadero existían desde los tiempos de su padre. Jamilah se había mostrado particularmente hermética cuando le había preguntado sobre el tema.

Un día, al terminar su jornada en los establos, se dirigió hacia el campo de entrenamiento. Uno de los ayudantes de Pierre estaba supervisando el ejercicio de Devil's Kiss. Al parecer, Pierre también se había ido a Europa durante unos días. Uno de los otros entrenadores, un hombre llamado Alain, se le acercó. Parecía algo agitado. A lo largo de la conversación quedó claro que estaba teniendo problemas para domar a un potro.

–¿Puedo verlo? –le preguntó Iseult, sintiendo curiosidad.

El entrenador se encogió de hombros con indiferencia.

–Adelante –le dijo–. Esperaba tener buenas noticias para Pierre a su regreso, pero parece que a este solo podrán dominarlo Nadim o él.

Iseult fue hacia la zona vallada. Nada más ver al animal, sintió una gran satisfacción. Podía trabajar con él. Sabía que podía.

Tomó las bridas. Una pequeña multitud empezaba a formarse a sus espaldas, pero ella no se había dado cuenta. Se subió a la valla y se dedicó a observar al caballo durante un rato. Cuando creyó que había llegado el momento apropiado, se bajó y entró en el recinto. Empezó a caminar lentamente, en círculos, acercándose cada vez más al animal. Alain y el otro entrenador intercambiaban miradas de temor.

En poco tiempo llegó a estar lo bastante cerca del caballo como para tocarle. Había una comunicación silenciosa entre ellos, pero no sabía de dónde procedía. Susurró unas palabras dulces que solía usar su abuelo, viejas palabras en gaélico.

Con una paciencia infinita, le pasó la brida por la cabeza y le colocó la embocadura.

De repente se dio cuenta de que el murmullo de la

gente había cesado. Levantó la vista y vio que se habían dispersado.

Solo quedaba una persona.

Nadim.

Su rostro parecía más sombrío que nunca.

El corazón de Iseult se volvió loco, como si acabara de recibir una descarga de adrenalina. Tragó en seco. Le quitó la brida al caballo, le dio una palmadita en el cuello y regresó junto a la valla con las piernas temblorosas. En cuanto atravesó la puerta y cerró, Nadim fue hacia ella y la agarró del brazo.

–Espera un segundo. Ni siquiera me estás dando la oportunidad de...

Él la hizo callar con una mirada sombría.

–No digas ni una palabra. Al despacho de Jamilah ahora mismo.

La hizo entrar en el todoterreno con brusquedad y arrancó, rumbo al edificio principal. La tensión se mascaba en el ambiente. Iseult no dijo ni una palabra durante el viaje.

Cuando se detuvieron, bajó del vehículo rápidamente y entró en el despacho de Jamilah. Todas las miradas estaban puestas en ella.

Jamilah también estaba allí, pero Nadim la hizo salir con una escueta palabra en árabe. La joven obedeció la orden, no sin antes dedicarle una mirada de desconcierto a Iseult.

Nadim se alborotó el cabello y se volvió hacia ella.

–¿Esperaba demasiado al pensar que podrías pasar dos semanas aquí sin meterte en líos?

Iseult vio un destello peligroso en su mirada. Apenas podía controlar la furia. Sin embargo, no se iba a dejar intimidar. Levantó la barbilla y se cruzó de brazos.

Era imposible no reaccionar a la defensiva ante un hombre así.

–Tienes razón. No debería haber entrado en ese recinto. ¿Por qué no me dices lo que tengas que decir y me dejas ir?

–¿Cómo se te ocurrió pensar que podías acercarte a un potro tan peligroso y hacer algo tan temerario?

–¿Peligroso? ¿De qué estás hablando? Nadie me dijo que fuera peligroso.

–El motivo por el que ese animal está solo, lejos de los demás, es que nadie ha sido capaz de acercarse a él. Dejé instrucciones muy explícitas al respecto. Nadie debía intentar nada hasta mi regreso o hasta que volviera Pierre. Hace tres semanas le dio una coz a uno de los entrenadores, y el hombre terminó con una costilla rota. Y menos mal que solo fue eso.

Iseult se sorprendió. ¿Cómo había sido tan ingenua? Claramente, Alain y el otro entrenador le habían tendido una trampa.

–Para empezar, no tenía intención de hacer nada. Estaba viendo el entrenamiento de Devil's Kiss y alguien dijo que estaban teniendo problemas con este caballo. Fui a echar un vistazo. Eso es todo.

Se detuvo y apartó la mirada un instante.

–Pero entonces, cuando le vi, yo... Vi que podía hacer algo... y lo hice. No te puedo explicar por qué ni cómo. No es algo racional. Si hubiera sabido que estaba considerado un animal peligroso, no hubiera entrado. No soy idiota.

Nadim se cruzó de brazos también y luego frunció el ceño.

–¿Nadie te animó a hacer nada?

Aunque supiera que los entrenadores lo habían hecho a propósito, no iba a decir nada. Había mordido el anzuelo ella sola. Era la novata.

–No. Fue idea mía.

Nadim bajó los brazos y se acercó a ella.

–Dejando a un lado esa arrogancia que te caracteriza y que te hizo pensar que podías hacer algo aún cuando nadie había podido, entraste sin la protección adecuada.

–No estaba siendo arrogante. Simplemente vi al caballo y pensé que podía ayudar. ¿Y cómo iba a pensar en ponerme protección, si nadie me dijo nada?

–Maldita sea, ¿tienes que discutir todo lo que digo? Deberías tener la costumbre de protegerte. Los caballos son impredecibles. Tenías a todo el mundo hipnotizado con esa serie de susurros, así que no es de extrañar que nadie te dijera nada. Le prometí a tu padre que cuidaría de ti, pero no puedo hacerlo si cada vez que me doy la vuelta te metes en problemas.

–Oh, entonces ahora eres el mejor amigo de mi padre, ¿no? Ese hombre al que no considerabas apto para estar al frente de los establos –le espetó.

En una fracción de segundo, Nadim la agarró de los brazos y tiró de ella.

Iseult abrió la boca, escandalizada. No se dio cuenta de que iba a besarla hasta un instante antes de que lo hiciera.

Era eso lo que había deseado desde la primera vez

que le había visto. No podía negarlo. No hubo ni un instante de vacilación. Todo su cuerpo vibraba de expectación.

A Iseult nunca la habían besado, y mucho menos de esa forma. Se sentía como si ardiera desde dentro hacia fuera.

De alguna manera se dio cuenta de que Nadim se había apoyado contra algo. Cada vez la atraía más y más, metiéndola entre sus muslos. Su miembro erecto se apretaba contra ella.

Finalmente le soltó los brazos y la sujetó de la espalda. Las manos de Iseult fueron a parar a su cabeza de manera automática; se enredaron en su sedoso cabello. El momento se prolongó, suspendido en el tiempo y en el espacio.

La joven abrió la boca, buscando más y más. Podía sentir cómo se le soltaba el pelo, cayendo sobre sus hombros al mismo tiempo. Nadim gruñó y buscó su lengua. Le tiró del cabello ligeramente y le echó la cabeza hacia atrás.

Contuvo el aliento al sentir sus besos por la mandíbula, el cuello... Él empezaba a subirle la camiseta. Estaba impaciente. Le abrió el sujetador y sus pechos le cayeron en las manos.

Con los ojos cerrados todavía, como si abrirlos fuera a romper el hechizo, se dejó guiar hacia él y entonces sintió sus besos abrasadores una vez más. Nadim atrapó un pezón entre el pulgar y el índice y empezó a jugar con él, apretando y tirando de la punta. Iseult le agarró la cabeza con más fuerza y en ese preciso momento percibió un cambio, como si ambos hubieran despertado al mismo tiempo.

Abrió los ojos y se encontró con esa mirada oscura, llena de reproche. Respiraba con dificultad. Su pecho, aún en las manos de Nadim, subía y bajaba.

Con un movimiento brusco, él la agarró de los brazos y la hizo retroceder. Iseult se sintió tan mareada de repente que tuvo que apoyarse en una silla.

–Eso no debería haber pasado.

Iseult se encogió por dentro. Era duro oírle decirlo en voz alta. Pero ¿qué esperaba? ¿Que la tomara entre sus brazos y le dijera que no podía sacársela de la cabeza?

–No. No debería haber pasado –dijo ella.

No era capaz de levantar la vista. Con manos temblorosas se abrochó el sujetador.

Bajó la vista un instante y entonces sintió una mano que le tiraba de la barbilla.

Nadim la miró a los ojos. Dio un paso atrás.

–No volverá a pasar –le dijo, pasándose una mano por el cabello.

Ella aún tenía la barbilla levantada, desafiante.

–A pesar de tu comportamiento en el campo de entrenamiento, estoy dispuesto a dejar que te incorpores al equipo de Pierre en cuanto vuelva en un par de días. A lo mejor si desempeñas las funciones que se te dan mejor, das menos problemas –añadió y abandonó la habitación sin darle tiempo a contestar.

Iseult se sentó en la silla que tenía detrás porque las piernas ya no la sostenían. Oyó susurros provenientes del exterior y se dio cuenta de que debía de estar hablando con Jamilah. Unos minutos más tarde, todo quedó en silencio y entonces se oyó el motor de un coche al arrancar.

Jamilah entró, pero Iseult no fue capaz de mirarla a la cara. Sentía demasiada vergüenza.

Cuando por fin se atrevió a levantar la mirada, vio que estaba preparando algo que parecía té.

En ese momento la joven la miró, como para preguntarle si quería una taza. Iseult sacudió la cabeza.

–Jamilah, yo...

La chica se dio la vuelta. Su rostro parecía demasiado serio.

–Sé cómo son los chicos de Pierre. En cuanto él sale de Merkazad se vuelven unos gamberros. Seguro que te tendieron una trampa. Siempre lo hacen.

–Pero yo no le he dicho nada a Nadim.

–Lo sé –Jamilah esbozó una sonrisa traviesa–. Cuando Nadim me contó lo que había pasado, me di cuenta enseguida de lo que ocurría. Si te soy sincera, me habría encantado ver sus caras, cuando entraste en el recinto e hiciste lo que ninguno de ellos fue capaz de hacer. Les está bien empleado. Además, debieron de darse un susto de muerte cuando se dieron cuenta de que no llevabas protección en la cabeza... –Jamilah se sentó a su lado–. No sé si has oído algo acerca de la esposa de Nadim.

A Iseult se le paró el corazón. Asió la silla con fuerza.

–Ya no está casado. Su esposa murió hace casi cuatro años. Sara murió un día en que salió a pasear con uno de los potros. No era una amazona avezada. El caballo la tiró al suelo y le dio una coz en la cabeza. No llevaba protección y sufrió un traumatismo muy fuerte. Estaba embarazada de tres meses. El bebé y ella murieron.

Iseult sintió un escalofrío.

–Eso es horrible.

Jamilah siguió adelante.

–Nadim estuvo a punto de cerrar los establos... Pasó mucho tiempo alejado de este mundo y no volvió a mostrar interés hasta hace un par de años. Por eso es por lo que se volvió loco cuando te vio. Es muy obsesivo cuando se trata de la seguridad del personal.

Iseult se mordió el labio inferior. Un sentimiento oscuro y triste se apoderó de ella cuando se dio cuenta de lo mucho que debía de amar a su esposa.

–No tenía ni idea –notó unos temblores repentinos–. ¿Te ha dicho Nadim...?

Jamilah arqueó una ceja.

–¿Que vas a estar en el equipo de Pierre? Sí. Pero todo el mundo sabe que debes dedicarte al entrenamiento. Yo le dije que desde que estás aquí has hecho más horas que cualquier otro, aunque es evidente que estás sobrecualificada.

Iseult se sonrojó. No estaba acostumbrada a recibir elogios por su trabajo. Se puso en pie. Jamilah debía de tener muchas cosas que hacer.

–Veo que... –Jamilah también se levantó. Le puso una mano en el brazo–. Hay algo entre Nadim y tú. Me quedó claro desde el momento en que fue a buscarte personalmente –sonrió con timidez–. Y luego, mientras os esperaba ahí fuera, hubo un largo momento de silencio en el que dejasteis de gritar. Además, hay otra cosa. Nadie le grita a Nadim y se sale con la suya.

Iseult se ruborizó.

–Pero... Ten cuidado. Los hombres Al Saqr pueden ser muy crueles cuando se proponen algo, y son igual de despiadados cuando han terminado contigo. No me gustaría que te hicieran daño...

Iseult frunció el ceño.

–¿Qué me quieres decir? ¿Tú...?

Jamilah sacudió la cabeza.

–No. Nunca ha habido nada entre Nadim y yo. Yo no le veo de esa manera. Pero las mujeres no le duraban mucho antes de Sara, y ahora tampoco –tomó aliento–. Tiene un hermano pequeño, Salman... –hizo una mueca–. Digamos que yo he vivido su crueldad en primera persona.

Jamilah le dio un efusivo abrazo entonces e Iseult sintió lágrimas en los ojos. Nunca había tenido una amiga en toda su vida.

Pasó el resto del día en sus aposentos. Se sentó junto a la ventana de su habitación, con la barbilla apoyada sobre las rodillas, y contempló el imponente castillo. Se estremeció. Cuando Nadim la había besado antes, se había convertido en otra persona, en alguien femenino y delicado, alguien sensual...

De repente afloraron los viejos recuerdos del último año en el instituto y del baile de graduación. Por aquel entonces no esperaba que nadie le pidiera que fuera su pareja. Además, siempre había estado muy ocupada y era demasiado tímida como para flirtear con los chicos del colegio.

Las otras chicas habían dejado de invitarla cuando iban de compras, y ya no la incluían en sus conversaciones, siempre llenas de cotilleos. Pero eso a ella le daba igual. Tenía cosas más importantes de las que preocuparse. Algunas chicas se lo habían tomado de manera personal, no obstante, y se burlaban diciéndole que se creía mejor que ellas.

Sin embargo, para su sorpresa, poco antes del baile el chico más guapo del instituto le pidió que fuera su pareja. Se sentía tan halagada que no se detuvo a pensar en lo extraña que resultaba aquella repentina petición.

Luke Gallagher le había dicho que la recogería en la plaza del pueblo, junto al gran reloj. Su padre la había dejado allí, contento de ver que su hija empezaba a relacionarse con el resto de los chicos. No tenía dinero para comprarse un vestido, así que había tenido que arreglar un viejo traje de su madre. Quería conseguir ese look *vintage*, pero sospechaba que la prenda estaba irremediablemente pasada de moda.

Esperó durante un buen rato. La gente pasaba por su lado y la miraba. Y entonces empezó a llover. Se levantó del asiento y echó a andar, rumbo a casa. Tenía casi cuatro kilómetros por delante. Las lágrimas se mezclaron con la lluvia. Se quitó los zapatos de tacón alto y siguió andando, descalza.

Luke y algunas de las chicas del instituto pasaron por su lado en un deportivo de lujo. Hicieron sonar el claxon, riendo y bebiendo alcohol directamente de las botellas, pero Iseult mantuvo la vista al frente y siguió adelante.

De pronto volvió a la realidad. Era evidente que Nadim la había encontrado atractiva durante unos segundos al menos, pero estaba claro que se arrepentía profundamente de haberla besado. El jeque no era de los que seducían a sus empleadas.

Iseult se sintió desgraciada y despreciable de repente.

Capítulo 5

NADIM se echó hacia atrás. Estaba sentado en el comedor de la suite privada que ocupaba en el castillo. Con una mano sostenía un vaso de whisky, y hacía girar el líquido de color ámbar dentro del cristal una y otra vez. Le recordaba a los ojos de Iseult...

Se bebió la bebida de un trago y agradeció la sensación de fuego que le quemaba la garganta. Algo llamó su atención de repente. Era la foto de su difunta esposa, que le observaba desde una mesa cercana. Se levantó y puso el retrato boca abajo. Le temblaba la mano. Nunca antes había hecho algo así, pero tampoco había tenido que enfrentarse a un deseo tan poderoso en la puerta de su casa. Sus aventuras siempre habían sido discretas, y habían tenido lugar muy lejos de Merkazad.

La obsesión que sentía por Iseult era de lo más inoportuna. Ella era completamente distinta a las mujeres a las que solía tomar como amantes, y sabía que podía llegar a hacerle mucho daño.

Agarró el vaso con fuerza al recordar el pánico que había sentido al verla dentro de ese recinto, sin casco, totalmente indefensa. Se había vuelto loco.

Lo más sensato era enviarla de vuelta a casa. Cualquier cosa era mejor que soportar la tortura de su presencia.

Justo en ese momento, Hisham, su ayudante principal, entró en la habitación y le hizo una reverencia.

—Señor, la conferencia que pidió ya está preparada, en su despacho.

—Gracias.

Salió detrás de su asistente.

¿Cómo era posible que fuera a perder la cabeza por una mujer tan rústica, tan poco sofisticada?

Era evidente que necesitaba una nueva amante. Faltaban dos semanas para la fiesta de cumpleaños del sultán en B'harani.

Era la oportunidad perfecta para encontrar a alguien que estuviera a su altura.

Dos días más tarde, Iseult aún se sentía un tanto inquieta. Cada vez que alguien la miraba de reojo, sentía un escalofrío.

Había visto a Nadim a lo lejos ese día. Iba vestido con la ropa tradicional de Merkazad, una larga túnica de color crema y un turbante. Les estaba enseñando los establos a unos invitados.

Vestido así parecía más exótico y mayestático que nunca e Iseult había tenido que hacer acopio de toda su fuerza de voluntad para centrarse en el trabajo y escuchar lo que le decía Pierre.

Más tarde, por la noche, llevó a Devil's Kiss de vuelta a su cuadra. Todo estaba en silencio, pero había una extraña tensión en el ambiente. Roció al caballo con un poco de agua y, al dar media vuelta, se llevó un susto de muerte al ver a Stevie Bourne. Estaba apoyado contra la puerta, observándola.

El mozo de caballeriza se había vuelto demasiado persistente.

—Me has dado un susto de muerte.

Stevie entró y cerró la puerta.

Iseult se sintió amenazada de inmediato.

—Me iba ya. ¿Qué estás haciendo aquí?

Él se acercó más. Sus ojos azules brillaban. Iseult sabía que muchas de las chicas estaban locas por él, pero ella no le encontraba atractivo.

Trató de rodearle.

—Stevie, mira, estoy cansada y tengo que cenar algo...

Con una rapidez sorprendente, la acorraló. Detrás solo estaba Devil's Kiss. El caballo ya empezaba a moverse con impaciencia.

La hizo retroceder hasta una esquina y apoyó las manos a cada lado de su cabeza.

Iseult ya no sentía miedo, sino solo exasperación.

—Stevie, para ya. Yo no siento eso por ti.

Él se limitó a esbozar su sonrisa más seductora.

—Vamos, Iseult, no sabes lo que te pierdes. Y te he echado de menos por aquí. No es justo que te hayan pasado al equipo de Pierre tan rápido. Dicen que Nadim... te tiene un especial aprecio.

Iseult se ruborizó y trató de empujarle con ambas manos.

—Eso es absurdo. Y ahora, por favor, déjame.

—No hasta que me des un beso.

Iseult podía oír a Devil's Kiss. El caballo se movía sin parar. Podía darles una coz en cualquier momento, pero era imposible mover a Stevie.

–No voy a besarte. Y ahora, muévete.

Se inclinó hacia delante y trató de apartarle, pero él la agarró de repente, rodeándole los brazos, y entonces la besó con brusquedad.

Iseult no podía respirar. El pánico empezaba a apoderarse de ella. Devil's Kiss estaba cada vez más intranquilo.

–¿Qué demonios está pasando aquí? –exclamó una voz de repente.

Stevie la soltó de golpe y se apartó. Iseult se dio contra la pared. De forma automática se limpió la boca con el dorso de la mano.

Nadim estaba en la puerta del establo, sujetando la cabeza de Devil's Kiss.

Iseult se fijó en el cinturón que llevaba alrededor de la túnica. Una daga curvada y bellamente tallada colgaba de él. En ese momento bien podría haber sido un legendario rey guerrero.

No era capaz de apartar la mirada.

–Iseult me llamó –dijo Stevie–. Pensé que necesitaba que le echara una mano con Devil's Kiss.

Nadim le interrumpió.

–Fuera, Bourne. Y no quiero volver a verte en los establos por lo menos hasta dentro de una semana.

Stevie se escabulló como un cobarde.

Iseult se quedó allí de pie, temblorosa. Devil's Kiss se había calmado gracias a la presencia de Nadim.

–Ya está. Esta vez has ido demasiado lejos.

Iseult sintió una llamarada de fuego que le subía por la garganta.

–No voy a permitir que me echen la culpa por esto.

A Stevie le encanta flirtear y me siguió hasta aquí. No quiso irse cuando le pedí que me dejara en paz.

Nadim se cruzó de brazos.

–¿Y entonces pensaste que podrías convencerle besándole? Por favor. Sé muy bien lo que he visto.

–No. No lo sabes. Ese beso no fue bienvenido.

Nadim arqueó una ceja.

–¿No fue bienvenido al igual que el beso que te di el otro día? –le preguntó en un tono corrosivo y sarcástico.

Iseult sintió un calor que le abrasaba las mejillas. Bajó la vista.

–Eso fue distinto.

Nadim había entrado en el establo.

–¿Por qué fue distinto?

Iseult levantó la vista y le miró a los ojos.

–Porque tu beso sí que me gustó.

Nadim se acercó aún más. Puso el pulgar sobre sus labios y empezó a frotarle la boca.

–No me gusta la idea de sentir el sabor de otro hombre en tus labios.

Iseult trató de sacudir la cabeza, pero le pesaba demasiado.

–A mí tampoco.

Presa de un impulso repentino, se puso de puntillas y le sujetó las mejillas. Se le aceleró el corazón y un fino sudor se deslizó por su piel.

Reprimiendo un gruñido, Nadim bajó la cabeza y cubrió sus labios con un movimiento brusco. Apenas era capaz de mantener el control.

Sus bocas se abrieron y sus lenguas se entrelazaron de la forma más íntima. Era como si Nadim la marcara, como si borrara toda huella del otro hombre.

Deslizó las manos por su espalda hasta agarrarle el trasero y la empujó hacia él, haciéndola sentir el poder de su erección. Iseult movía las caderas y se rozaba contra él. Era un baile femenino de seducción.

De repente él le puso las manos sobre los hombros y la hizo apartarse.

–Quiero que vuelvas a tu habitación ahora mismo y que recojas tus cosas.

Capítulo 6

ISEULT se sintió como si acabaran de darle un puñetazo en el estómago. Un río de hielo corría por sus venas.

–¿Me mandas de vuelta a casa? ¿Qué quieres decir? ¿Adónde me mandas?

–Vas a venirte al castillo. Me ha quedado claro que no haces más que meterte en problemas. A lo mejor no te metes en tantos líos si tienes menos tiempo para flirtear con el personal.

Dio media vuelta, pero Iseult le agarró de la ropa.

–Espera un momento.

Nadim se dio la vuelta lentamente.

–¿Por qué me vas a castigar a mí si fue Stevie el que vino a por mí?

Nadim arqueó una ceja.

–Nada más besarle a él te me echaste encima –hizo una mueca–. Me has demostrado que tienes un gusto bastante promiscuo e insaciable.

Iseult le soltó. Le miró fijamente.

–Pero... ¿qué va a pensar la gente si me mudo al castillo?

Nadim apretó la mandíbula.

–No tienes que preocuparte por eso.

–Pero voy a trabajar aquí. Tengo que ver a esta gente todos los días.

Nadim se le acercó de nuevo.

–Nadie cuestiona lo que yo hago, ni las decisiones que tomo. Soy el jeque, y será mejor que lo tengas bien presente a partir de ahora. No voy a dejarte aquí a tu libre albedrío. Vendrás a trabajar todos los días y todas las noches volverás al castillo.

–¿Entonces voy a ser una especie de prisionera?

Nadim esbozó una sonrisa burlona.

–Oh, no creo que vayas a sentirte como una prisionera cuando veas tu nueva habitación, Iseult. Y puedes irte cuando quieras. Nadie te va a detener.

–No. Por supuesto que puedo irme. Solo me arriesgo a poner en peligro el futuro de mi familia.

Él fue hacia la puerta.

–Se lo diré a Jamilah. Ella te llevará una vez hagas la maleta.

Iseult se detuvo ante el imponente jardín situado frente al castillo, abrumada. Las piedras que pisaba en ese momento tenían siglos de historia. Se sentía como si hubiera viajado miles de kilómetros para adentrarse en una fantasía árabe.

Jamilah rodeó el capó del coche, la agarró del brazo y la condujo hacia el interior de la fortaleza.

En cuanto accedieron por el portón principal, todo se llenó de luz. Estaban en un patio central del que salían innumerables pasillos y pasadizos, flanqueados por enormes columnas. El patio albergaba un pequeño jardín, lleno de árboles pequeños y plantas. En el centro había un estanque con una pequeña cascada.

Una joven, completamente tapada con la abaya ya

tradicional, se dirigía hacia ellas. Tenía los ojos más increíbles que Iseult había visto en toda su vida.

–Esta es Lina. Será tu doncella durante todo el tiempo que estés aquí. Te enseñará dónde está tu habitación.

Iseult se volvió y miró a Jamilah, boquiabierta.

–Estás en otro mundo ahora mismo, Iseult.

Iseult no fue capaz de decir nada. Jamilah miró el reloj.

–Me encantaría quedarme y ayudarte a instalarte, pero nos va a llegar un nuevo caballo dentro de poco. Será mejor que regrese cuanto antes –le dio un abrazo–. Estarás bien. Te veo mañana... –dijo y se marchó sin más.

Maravillada ante tanta opulencia milenaria, Iseult siguió a Lina por el laberinto de pasillos y corredores. Era un lugar extraordinario, pero por alguna razón parecía desangelado, vacío. De repente recordó todo lo que le había contado Jamilah acerca de la esposa de Nadim. Estaba embarazada al morir...

De repente Lina se detuvo ante una puerta. Abrió y la invitó a entrar. Al otro lado había algo totalmente distinto, lujoso, pero discreto. Todo el suelo estaba cubierto de alfombras mullidas y la estancia se hallaba decorada en tonos crema y dorados. La sala de estar daba paso a una habitación inmensa con una enorme cama de matrimonio en el centro.

Se volvió hacia la doncella. Esta la observaba atentamente.

–Debe de haber algún error. Esta no puede ser mi habitación.

La joven sacudió la cabeza y le quitó la maleta de las manos.

–Es su habitación. Aquí están los aposentos de las mujeres.

Lina abrió la maleta y empezó a sacar la ropa. Iseult le tendió una mano. Casi le daba vergüenza que la empleada sacara sus harapos en ese lugar de ensueño.

–No, por favor. No tienes que hacerlo.

Lina ignoró su petición y continuó sacando las prendas.

Llamaron a la puerta y un momento después apareció otra joven vestida de la misma manera, con una bandeja de comida en las manos. Los olores hacían la boca agua.

Le sirvió la comida. La hizo pasar a la zona del comedor y le indicó que se sentara sobre un cojín.

–Volveré en una hora para prepararle el baño –le dijo Lina antes de marcharse.

Iseult se puso en pie.

–¡No!

La sirvienta pareció llevarse un pequeño susto.

–Lo siento. No quería decirlo de esa manera. Solo quiero decir que no es necesario. Puedo arreglármelas yo sola –señaló la comida–. Y muchas gracias por esto... Pero a partir de ahora... ¿No puedo ir a la cocina?

Lina se tapó la boca con la mano para no reírse abiertamente.

–No, señorita Iseult. Aquí las cosas son así. Usted es la invitada del jeque. He recibido instrucciones para despertarla a las seis de la mañana... y si no necesita nada más...

Iseult sacudió la cabeza rápidamente y la joven se marchó.

Las palabras de Lina la habían devuelto a la realidad de golpe. Al día siguiente volvería a ser una empleada más de los establos, y tendría que trabajar muy duro para ganarse la vida, como siempre había hecho.

Nadim no oía nada. Volvió a llamar.

Nada.

¿Dónde podía estar? Presa de una rabia repentina, abrió la puerta de los aposentos de Iseult y entró. Un silencio absoluto le recibió. Las sobras de la cena estaban sobre una mesa en la sala de estar.

Entró en el enorme dormitorio y se paró en seco. Una única luz encendida arrojaba un resplandor dorado sobre la cama e Iseult estaba sobre ella, dormida, envuelta en una pequeña toalla blanca. Tenía una mano hacia arriba, junto a la cabeza, y la otra descansaba sobre su abdomen. Se había hecho un turbante, pero la toalla se le había soltado y un mechón húmedo caía sobre la almohada junto a ella. Nadim bajó la mirada, pero entonces se encontró con la suave curva de sus pechos, y con sus piernas interminables. Debía marcharse. No debería haber ido a verla.

Justo en ese momento, ella abrió los ojos y le miró...

Iseult se quedó quieta. ¿Estaba despierta o soñando? Se hallaba en la cama más suave que había probado jamás y Nadim estaba allí de pie, observándola. Parpadeó y el hechizo se rompió. Nadim dio media vuelta y salió de la habitación. Se oyó el «clic» de la puerta al cerrarse.

A Iseult le golpeaba el corazón contra el pecho. Sentía un cosquilleo por todo el cuerpo, como si Nadim le hubiera quitado la toalla para volver a ponérsela después.

¿Acaso había sido una alucinación?

Se levantó de la cama y fue hacia el baño para secarse el cabello. Todo era muy absurdo. Tenía veintitrés años. El único que la había besado había sido Nadim, y jamás había hecho el amor con nadie.

Se cepilló el pelo con violencia antes de secárselo. Le brillaban los ojos, llenos de lágrimas, pero hacía todo lo posible por no mirarse en el espejo. A partir de ese momento se concentraría en el trabajo. Estaba allí para eso, y no para soñar y tener alucinaciones.

Después de una noche de vigilia y sueños atormentados, Iseult suspiró cuando vio las finas líneas rosadas que teñían el firmamento. Alguien llamaba a la gente a rezar. Ya se había acostumbrado a ello, pues lo hacían varias veces al día, pero en el castillo podía oírlo más claramente.

Se levantó de la cama. Se puso una bata de seda por encima de la camiseta y salió descalza del dormitorio. Reinaba un silencio absoluto en todos los rincones.

Todavía adormilada, avanzó por el largo pasillo siguiendo el sonido de los cánticos. Cada vez se oían más fuertes. Subió unas escaleras y, tras atravesar una puerta diminuta, se encontró en el exterior de repente. Estaba en una de las terrazas del castillo y desde allí se divisaba toda la ciudad.

—Es el almuédano, proclamando el *adhan*.

Iseult se dio la vuelta de golpe. Nadim estaba apoyado contra la pared, justo detrás de ella. Llevaba unos vaqueros desgastados y una camiseta vieja, como si también acabara de levantarse de la cama. La sombra de una fina barba le cubría la barbilla.

No parecía haber dormido mucho.

—No... pensé que nadie estaría despierto todavía.

Con las manos metidas en los bolsillos, Nadim señaló la ciudad con la barbilla. Avanzó hacia ella.

—La ciudad entera se despierta ahora. Se prepara para enfrentarse a un nuevo día.

No la estaba mirando. Mantenía la vista al frente, hacia la ciudad. Iseult siguió la dirección de su mirada.

—¿Por qué has venido aquí?

Su voz sonaba hostil. Era evidente que estaba enojado con ella por haber perturbado su espacio.

—Oí los cantos y... No sé. Sentí que me llamaban a salir. Es precioso.

—Sí, lo es. Y sí que es una llamada. Se supone que te hace querer seguirla.

Iseult miró a Nadim un instante y se le cortó la respiración. Sus oscuros ojos la atrapaban.

—Debes de echar mucho de menos a tu esposa —le dijo de repente, sin saber muy bien de dónde habían salido las palabras.

La reacción fue inmediata. Nadim apretó la mandíbula y sus ojos emitieron un destello de fuego.

—No debería sorprenderme que te hayas enterado.

—Lo siento... No puedo ni imaginarme cómo debió de ser perderla.

–Olvidas que no solo fue ella. También fue el bebé –su rostro parecía contraído por la rabia.

–Lo siento, Nadim. No quería... No quería hacerte pensar...

Él se rio con amargura.

–No te preocupes. No necesito que me recuerdes algo que está grabado a fuego en mi memoria.

Por fin miró hacia otro lado. Iseult sintió que se le escapaba el aliento. Se le encogía el corazón al ver su rostro de dolor.

–Debías de amarla mucho.

Él la miró de reojo. Su cara no revelaba nada, pero sus labios esbozaron una sonrisa cínica.

–Ese es el problema. Yo no quería a mi esposa. Fue un matrimonio de conveniencia. Pero ella sí que me quería a mí... Esperaba más de lo que podía darle –sonrió con amargura–. ¿Te sorprende, Iseult? ¿Crees que somos unos bárbaros aquí por concertar matrimonios de esa forma? También podríamos enamorarnos para divorciarnos dos años más tarde, como hacen los occidentales.

Iseult sacudió la cabeza. Le pitaban los oídos.

–Esto es normal aquí, Iseult. Yo soy el jeque. Y se espera de mí que haga un buen matrimonio, un matrimonio práctico, conveniente. No se trata de enamorarse. La gente se casa todos los días, por muchas razones distintas. El amor rara vez entra en la ecuación. Esperar amor es esperar demasiado.

–Pero tu esposa sí lo esperaba... A lo mejor no podía evitarlo.

Nadim la taladró con la mirada.

–Debería haber sido más lista. Como te he dicho

antes, esperaba demasiado. Y no creas que pasa un solo día sin que me acuerde de lo que no pude darle, de lo que no puedo darle a ninguna mujer.

Iseult se estremeció. Nadim bajó la mirada y, cuando volvió a subirla de nuevo, la temperatura había aumentado unos cuantos grados. ¿Se había acercado un poco más? Iseult le sentía más cerca, aunque hubiera la misma distancia que antes entre ellos.

El último cántico del almuédano se desvanecía en el aire de la mañana.

–¿No deberías estar preparándote para irte al trabajo? –le preguntó él.

Iseult se cerró más la bata que llevaba puesta. Masculló una respuesta atropellada y huyó de allí. Nadim ni siquiera la había tocado, pero sí había dejado una huella en ella; una huella que no se borraría fácilmente...

–Creo que deberías llevarte a Iseult contigo al festival equino de este fin de semana.

Nadim miró a Pierre y se mordió la lengua.

–¿Por qué lo dices?

El francés le miró.

–Nunca he visto a nadie con su talento, Nadim. Es extraordinaria. Está a años luz de muchos de los chicos con los que llevo años trabajando. Tengo que admitir que su técnica es un poco rudimentaria, pero eso es porque ha aprendido ella sola. Me dijo que su abuelo fue su ejemplo a seguir, y yo le recuerdo muy bien. Él también tenía ese don que le hizo destacar por encima de otros entrenadores. Desafortunadamente murió cuando ella todavía era muy joven, así

que se perdió una buena parte de sus enseñanzas.
Pero tiene un ojo experto. Creo que te podría ser muy
valiosa si ves algún purasangre.

Pierre se refería a la feria del caballo de los beduinos, que se celebraba una vez al año. Era la mayor
concentración de caballos árabes de Merkazad y Al-
Omar. Tenía lugar en una meseta situada entre las
montañas de la frontera y comprendía varias actividades, compraventa de caballos, carreras y eventos
sociales.

Nadim masculló una respuesta que no le compro-
metía a nada y agradeció la interrupción por parte de
uno de los empleados de Pierre.

Todavía seguía dándole vueltas a ese encuentro
fortuito con Iseult en la terraza. Al mirarla a los ojos
una extraña sensación de inevitabilidad se había cer-
nido sobre él. O la enviaba de vuelta a casa y se buscaba una nueva amante, o satisfacía su deseo y se la
sacaba de la cabeza de una vez por todas.

Capítulo 7

AL DÍA siguiente, Iseult iba en el asiento trasero de uno de los todoterrenos que seguían a Nadim, rumbo a las montañas. Delante iban dos guardaespaldas. El convoy de vehículos era interminable e incluía dos remolques vacíos. Nadim viajaba en el coche que iba justo delante.

Esa mañana, antes de salir, ni siquiera se había dignado a mirarla a la cara.

¿Por qué quería que le acompañara? Lina la había despertado a primera hora y le había hecho la maleta, sin darle tiempo a reaccionar siquiera.

Fueron cuesta arriba durante todo el camino y finalmente se detuvieron. Uno de los guardaespaldas bajó del coche y le abrió la puerta. Nadim la esperaba a unos metros de distancia. La miró un instante y entonces apartó la vista.

Iseult se puso tensa de inmediato. Irguió los hombros y caminó hasta él. Varios de los coches seguían su camino.

Titubeante, se detuvo a su lado y siguió la dirección de su mirada. La ciudad de Merkazad se extendía a sus pies, rutilante y majestuosa, rodeada de montañas. Pero en medio de aquella aridez había pequeños oasis de color y más cerca se divisaba una flamante cascada que caía por la falda de una montaña. Era como una visión de la mítica Shangri-La.

–Es... sobrecogedor. No tenía ni idea de que...

Él bajó la vista y le hizo señas para que mirara a su alrededor. Había hermosas flores por todas partes, de un color rosa exuberante.

–Es la rosa del desierto, típica de esta zona. La tierra se llena de ellas después del monzón y desaparecen justo antes del verano, cuando vuelven las lluvias –la miró–. Este es uno de los mejores sitios para ver la ciudad.

Iseult volvió a contemplar lo que tenía delante.

–Gracias por enseñármelo.

De repente sintió un roce en el codo. Levantó la mirada y se encontró con los ojos insondables de Nadim.

–Viajarás conmigo durante el resto del camino.

El hombre que iba en el asiento posterior del coche de Nadim hizo un gesto discreto y abandonó el vehículo para que Iseult pudiera subir.

–¿Por qué me llevas contigo? –le preguntó, ya dentro del coche.

Él se volvió y la miró. Esbozó una sonrisa burlona.

–Te traigo conmigo porque valoro tu opinión. Claro.

Iseult soltó el aliento de golpe. Su expresión era sarcástica.

–Lo dudo mucho. Seguro que no te fías de mí y no quieres dejarme sola durante todo el fin de semana.

–En eso tienes razón, sí.

Iseult se volvió hacia él, llena de rabia.

–Pero también me pregunto qué te parecerán los caballos que vamos a ver allí. La mayoría no merece la pena, pero a veces hay algún purasangre árabe.

Aunque molesta y confusa, Iseult sintió una chispa de curiosidad y le preguntó acerca de los caballos árabes.

Un rato más tarde charlaban animadamente; tanto así que ni siquiera se dio cuenta cuando el vehículo se detuvo. El conductor le abrió la puerta. Estaban en un sitio mágico. No había visto nada parecido en toda su vida. Se encontraban en un pueblo antiguo, a mucha altitud. Todos los edificios parecían hechos de arcilla roja. Al ver al jeque, todo el mundo se detuvo, hombres, mujeres y niños. Uno de los hombres dio un paso adelante para recibirle.

Nadim le hizo un gesto e Iseult no tuvo más remedio que seguirle, rodeada de guardaespaldas.

–¿Dónde estamos? ¿Qué lugar es este?

Él la miró fugazmente.

–Es Al Sahar, el lugar de origen de mis ancestros. Esta es mi gente... literalmente. Los Al Saqr descienden de los guerreros beduinos que vivieron en esta tierra durante cientos de años. Es un oasis en mitad de las montañas y se nutre de muchos arroyuelos que surgen después del monzón.

Iseult vio que se aproximaban a unas tiendas de campaña de lo más lujosas. Lina entraba en una de ellas en ese momento, con el equipaje. Nadim se detuvo de golpe e Iseult estuvo a punto de tropezarse con él. Dio un paso atrás rápidamente.

Él señaló la tienda en la que acababa de entrar Lina.

–Te alojarás aquí. Tengo algunas cosas que hablar con los líderes del pueblo y con los visitantes beduinos. Alguien te llevará al recinto donde se celebran las carreras y se efectúan las ventas. Te veo allí luego –dio media vuelta y se marchó, seguido de todo su séquito.

Iseult se quedó allí de pie, sintiéndose estúpida.

Lina se asomó por la cortina.

–Señorita Iseult...

Nada más entrar, Iseult se quedó boquiabierta. La estancia parecía sacada de *Las mil y una noches*.

Lina corrió hacia las cortinas de la entrada.

–Ya ha llegado Jamal. Él la llevará a ver los caballos.

Abrumada ante tanta opulencia, Iseult sintió un gran alivio. Salió rápidamente.

El joven la acompañó hasta el lugar donde empezaba a agolparse la gente. Casi todos eran hombres, y la miraban con curiosidad.

Había muchos recintos. En algunos de ellos había caballos, y en otros camellos. A lo lejos se veía una carrera de camellos. Jamal, su guía, la dejó deambular por el lugar durante un par de horas. Había mujeres que vendían objetos de arcilla de colores y bisutería.

Iseult sonreía y se encogía de hombros porque no tenía dinero. No obstante, les prometió que volvería al día siguiente para comprarles algunas cosas.

Había unos cuantos recintos apartados que contenían uno o dos caballos. Iseult no tardó en darse cuenta de que eran de una raza superior. Se decía que todos los caballos purasangres modernos descendían de tres sementales árabes y mientras contemplaba a los animales comprendió por qué.

Un caballo en particular llamó su atención. Era un tanto salvaje.

Había visto montar sin silla a unos cuantos hombres dentro de los recintos, así que no se lo pensó dos veces. Se subió a la valla y, justo cuando iba a poner un pie por encima, sintió que alguien tiraba de ella. Se volvió.

—¿Qué crees que estás haciendo?

Iseult fulminó a Nadim con la mirada.

—Solo iba a echarle un vistazo al caballo. Por eso me has traído aquí, ¿no?

Él pareció observarla durante un largo rato.

—No está ensillado.

—Yo aprendí a montar sin silla.

—Muy bien. Pero no vas a entrar ahí dentro sin un casco.

Iseult puso los ojos en blanco. Ninguno de los hombres llevaba casco.

Pero entonces recordó el trágico accidente de su esposa y guardó silencio. Jamal regresó en ese momento y le dio un casco. Se lo puso y miró a Nadim. Este le lanzó una mirada afilada.

Llevó un remolque hasta donde estaba el animal para ganar un poco de altura y montó sin problemas. El caballo era un poco intranquilo, pero se calmó rápidamente. Le hizo trotar un poco.

Nadim la observó mientras probaba al ejemplar. Jamás había visto a nadie que montara con tanta gracia y facilidad. Se había hecho el silencio entre la gente.

De repente tuvo un extraño presentimiento y entonces se dio cuenta de que una carrera estaba a punto de empezar a lo lejos. Se oyó el pistoletazo de salida.

Iseult estaba a punto de desmontar cuando sintió el estallido. El caballo levantó las patas delanteras y la lanzó al aire como una muñeca de trapo. Aterrizó sobre la espalda y se quedó sin aliento de golpe. Justo en ese instante apareció una enorme silueta negra y un segundo después le quitaron el casco. Sintió manos por todas partes, en la cabeza, en el cuello, en los hombros...

Quería apartarlas, pero estaba demasiado débil. Finalmente logró tomar una gran bocanada de aire. Trató de incorporarse, pero esas manos enormes la hicieron permanecer tumbada.

–Estoy bien –logró decir por fin, apartándole las manos–. Me han tirado al suelo muchas veces.

Nadim estaba pálido.

–Sí, pero no sobre un terreno como este. Podrías haberte roto la columna vertebral.

Iseult quiso incorporarse y Nadim la ayudó. Le miró a los ojos. Todavía tenía las manos sobre sus brazos.

–Lo siento –dijo, sintiéndose culpable de repente.

–Esto es completamente distinto –le dijo él, como si pudiera leerle el pensamiento.

Llena de remordimientos, Iseult trató de ponerse en pie como pudo. Era evidente que todo era muy distinto. Aunque no amara a su esposa, debía de tenerle mucho aprecio. Además, estaba embarazada. Ella, en cambio, no era más que un estorbo.

Antes de saber qué estaba pasando, sintió que él la tomaba en brazos.

–Seguro que tu segundo nombre es «peligro».

Iseult sintió ganas de llorar de pronto, pero parpadeó rápidamente. Tenía un nudo en la garganta. No podía protestar, ni tampoco pedirle que la dejara en el suelo de nuevo.

Él la llevó hasta el todoterreno y la colocó en el asiento trasero.

–No tienes por qué hacer esto. Puedo volver andando. No está lejos de aquí –dijo, poniendo una mano sobre la manivela de la puerta.

–¿Quieres estarte quieta? –gritó Nadim de repente. Le puso un brazo alrededor del abdomen para impedir que saliera.

Iseult volvió a sentir ganas de llorar, pero apretó los dientes. El vehículo empezaba a moverse y solo deseaba que Nadim apartara el brazo. Miró por la ventanilla para no tener que verle.

Un momento más tarde oyó un profundo suspiro. Sintió que retiraba el brazo, pero entonces notó su mano en la barbilla, obligándola a mirarle a la cara.

Se le llenaron los ojos de lágrimas. No pudo evitarlo. Nadim masculló un juramento y le dio un pañuelo.

–Lo siento. No quería hacerte llorar. ¿Estás herida?

Iseult sacudió la cabeza y se tragó las lágrimas.

–No... Solo estoy un poco magullada, creo. En la espalda.

–A ver.

La empujó hacia delante y le levantó la camiseta.

–¿Qué haces? –le preguntó, pero él no le prestó atención. La examinó un instante y luego murmuró algo casi ininteligible. Debía de tener unos cuantos moratones ya.

–No debí traerte aquí, y mucho menos dejarte montar ese caballo. Me pareció demasiado intranquilo.

–Estoy bien, en serio. Me salen moratones con facilidad, así que seguramente parece más de lo que es. No es nada que no cure un buen baño caliente. Y no hubieras sabido que era así de intranquilo si nadie lo hubiera montado.

Nadim le lanzó una mirada seria.

–Sí, pero no tenías por qué ser tú. Para eso están esos chicos. Están bien preparados y son capaces de manejar a caballos como ese.

Iseult se mordió la lengua.

El todoterreno se detuvo. Lina los esperaba con impaciencia. ¿Se había enterado ya de la caída? Abrió la puerta del coche e hizo una mueca al verla moverse con dificultad. Nadim le dio instrucciones en su lengua natal.

–Lina te cuidará y les echará un vistazo a esos moratones. Deberías descansar esta tarde –dijo y se alejó bruscamente.

Iseult quería protestar. Había un ambiente de expectación en el campamento y no quería perderse nada, pero era mejor no insistir.

–Muy bien –se limitó a decir.

Lina no quiso irse a pesar de sus protestas. Se empeñó en prepararle un baño.

Sumergirse en el agua tibia llena de aceites aromáticos y capullos de rosa fue toda una delicia para sus doloridos músculos. Con el pelo recogido en un moño sobre la cabeza, no podía sino admitir que jamás había experimentado algo tan decadente y sensual.

De repente se sintió ridícula al pensar en sí misma de esa forma. Se incorporó.

–Quédese dentro, señorita Iseult. Tiene que dejar que los aceites le hagan efecto.

Iseult volvió a sumergirse rápidamente.

–Muy bien. Pero solo si dejas de llamarme «señorita Iseult». Soy Iseult.

Mientras miraba a Lina a los ojos sabía que sonreía. Se preguntó cómo sería su rostro...

–Muy bien, señorita Iseult.

La dejó sola de nuevo y volvió a aparecer cuando la piel ya se le empezaba a arrugar. Llevaba una toalla en las manos.

Iseult salió de la bañera y se envolvió en ella. Una vez se secó, la joven le untó la espalda con un ungüento especial. Le dejó una especie de bata sobre una silla cercana y le dio las buenas noches.

Iseult se quitó la toalla y se puso la bata. Estaba hecha de seda y era demasiado delicada para alguien como ella. Un hilo de oro recorría todo el dobladillo, a juego con un cinturón ceñido por debajo del pecho. Al levantar la mirada vio su propio reflejo en el espejo.

Apenas reconocía a esa mujer de cuello estilizado y grácil. Llevaba el pelo recogido sobre la cabeza y tenía unos ojos enormes y una boca carnosa y sonrosada. Estaba pálida. Su tez resplandecía. Casi era... hermosa.

Se soltó el pelo y continuó mirando. Se había transformado en otra persona. Se había convertido en la mujer que se agitaba en su interior cuando Nadim la besaba.

De repente oyó un ruido. Contuvo el aliento. Sabía que no era Lina.

Se volvió y le vio. Llevaba un traje dorado y un turbante en la cabeza.

Nadim trató de recordar por qué había ido a los aposentos de Iseult. A lo mejor era para asegurarse de que podía resistirse a sus encantos.

—¿Qué tal la espalda? —le preguntó, sin atreverse a acercarse más.

Ella parpadeó. De repente tenía frío. Estaba casi desnuda. Se tapó los pechos con las manos de forma automática.

—Bien... Lina me ha puesto un ungüento especial.

Nadim asintió con la cabeza.

—Muy bien. Lina proviene de una familia de sanadores, así que estás en buenas manos. Pero mañana seguramente tendrás dolores.

Iseult sacudió la cabeza.

—En serio, estoy bien. Seguro que tienes muchas cosas que hacer...

Él asintió con brusquedad.

—Buenas noches entonces, Iseult.

Se marchó sin más.

Iseult se dejó caer sobre una silla, humillada. ¿Cómo no iba a tener otros compromisos?

Seguía siendo esa chica de la que se habían burlado sus compañeros de instituto, la chica que había andado varios kilómetros bajo la lluvia para llegar a casa, y nunca sería otra cosa. Nunca sería la clase de mujer que podía tener a un hombre como Nadim. Provenían de mundos muy distintos y estaba claro que él sentía el peso de la responsabilidad hacia ella.

Repentinamente furiosa, se arrancó la bata del cuerpo, desgarrándola.

Con los ojos llenos de lágrimas se puso los pantalones y la camiseta con los que solía dormir. Se metió en esa cama suntuosa y añoró su hogar como nunca antes lo había añorado.

Capítulo 8

AL DÍA siguiente, Iseult se puso su uniforme de siempre, unos vaqueros, una camiseta y unas botas de montar. Estaba lista para empezar un nuevo día. Sus sentimientos por Nadim podían quedarse olvidados en un rincón. Sin esperar a recibir instrucciones, regresó al recinto de los caballos y buscó al que la había tirado al suelo el día anterior. Se puso un casco y lo volvió a montar.

Nadim la observaba desde lejos. Sacudió la cabeza. Sabía que no le había visto todavía. De haberse percatado de su presencia, se hubiera puesto tensa.

De repente se dio cuenta de que cualquier intento por controlar esa atracción sería en vano. Pensaba que podía esperar hasta la fiesta de cumpleaños del sultán de Al-Omar, que tendría lugar a la semana siguiente, pero la mera idea de mirar a otra mujer le resultaba inconcebible.

Soltó el aliento. Le esperaba un largo día de reuniones y celebraciones en su honor. Sus ayudantes trataban de hablar con él, pero no les prestó atención hasta que vio desmontar a Iseult.

Esa noche, Iseult volvió a sentir dolores a causa de la caída. Había sido consciente de la presencia de

Nadim en la distancia a lo largo de todo el día, pero no se había acercado ni una sola vez. Parecía enfrascado en una conversación importante con los hombres que le acompañaban a todas partes. Se sentía desposeída, desamparada. Era evidente que él se arrepentía de haberla llevado a Merkazad, y que ya no la necesitaba para nada.

Lina le había servido la cena en la tienda en esa ocasión. Al parecer, iba a bailar una danza beduina tradicional junto con otras mujeres del campamento en honor del jeque Nadim y sus invitados, así que tenía que prepararse.

Un miedo repentino se apoderó de Iseult. ¿Y si Nadim volvía a aparecer por la tienda en el momento más inesperado? Le pidió a Lina que volviera y que la ayudara a arreglarse.

Lina titubeó un momento, pero luego asintió con la cabeza. La tomó de la mano y la condujo a otra tienda cercana. Dentro había una docena de mujeres.

Iseult les sonrió con timidez y observó a Lina mientras se quitaba la abaya. La doncella tenía una larga cabellera negra que le llegaba hasta la cintura y un rostro extraordinariamente hermoso.

Al ver su reacción, la joven se rio. Debajo del largo traje que le tapaba todo el cuerpo llevaba unos vaqueros y una camiseta. Fascinada, Iseult se sentó en un rincón con las piernas cruzadas y se dedicó a ver cómo se arreglaban. Lina había desaparecido detrás de un biombo.

Cuando volvió a salir, Iseult se llevó una buena sorpresa. No había visto tanta piel al descubierto hasta ese momento. Llevaba unos pantalones bombachos de seda y gasa con brazaletes en los tobillos, y en la parte de arriba se había puesto un top de manga corta que dejaba las caderas y el abdomen al descubierto. Tenía los brazos cubiertos de pulseras doradas y una cadena del mismo color alrededor de la cadera.

También llevaba un velo sujeto a la cabeza con el que podía cubrirse el rostro hasta la nariz.

Una de las chicas dejó escapar una risita. Le dijo algo a Lina y esta miró a Iseult con ojos traviesos. Sus intenciones eran inconfundibles...

Iseult trató de protestar, pero Lina la agarró de los brazos y la hizo ponerse en pie. Sin darle tiempo a reaccionar, las chicas la rodearon y empezaron a vestirla.

Quiso decir algo, pero fue inútil. Las jóvenes estaban decididas, así que las dejó hacer y se lo tomó todo a broma.

Poco después estaba vestida igual que ellas. Lina le ciñó una cadena de oro alrededor de la cintura. De repente se sentía desnuda, pero preciosa.

La joven sirvienta retrocedió y dio una palmada.

—¡Señorita Iseult, ahora es una de nosotras!

Iseult sonrió con timidez y comparó su piel blanca con el dorado bronceado del resto de las jóvenes. Se sentía totalmente expuesta con ese top de seda. Tenía los pechos más grandes y prácticamente se le desbordaban por el escote. Llevaba un velo sujeto al pelo. Lina se lo había recogido en una coleta que le caía por la espalda. Le enseñó cómo cubrirse el rostro.

Durante una fracción de segundo, Iseult recordó ese momento de la noche anterior, cuando se había mirado en el espejo.

Esa vez no había espejo, y Nadim tampoco estaba

allí para romper el hechizo. Una de las chicas se arrodilló a sus pies y le colocó los brazaletes en los tobillos. Nunca antes en su vida había experimentado esa complicidad entre chicas y estaba encantada.

Pensaba que solo se lo estaban pasando bien antes de salir a bailar, así que cuando Lina la tomó de la mano, el pánico se apoderó de ella. De repente todas se habían puesto en marcha.

–Espera. ¿Adónde vamos?

–Nos falta una bailarina... Quédate detrás y haz todo lo que yo haga... ¡Lo harás muy bien!

–¡Pero nunca he bailado en toda mi vida!

Su grito pasó desapercibido. Las chicas se escurrían entre las tiendas como fantasmas exóticos. Iseult se tapó la cara con el velo, presa de la desesperación. Solo podía rezar para que Nadim no la reconociera. Si llegaba a reconocerla... Se estremeció.

Se detuvieron detrás de una tienda enorme. Había grupos de hombres sentados sobre cojines. Las mesas eran bajas y estaban repletas de comida y bebida. En medio había una larga fila y Nadim estaba justo en el centro, vestido de negro, más imponente que nunca.

Se oyeron unos tambores de repente y las chicas empezaron a moverse entre las mesas, levantando los brazos y moviendo el velo adelante y atrás. Se escondían y se descubrían una y otra vez, moviendo las caderas al ritmo de una cadencia ancestral.

Salieron de dos en dos y entonces Lina empezó a moverse, llevándosela consigo. Iseult no tuvo más remedio que seguirla e hizo todo lo posible por imitar sus movimientos; los pasos pequeños que daba, el meneo de las caderas...

Poco a poco se fueron acercando al centro y terminaron a unos pocos metros de Nadim. Iseult llevaba el velo sobre la cara, tapándose lo más posible. La brisa fresca de la noche le acariciaba el vientre.

Era muy difícil que no la reconociera, pero a pesar del miedo a verse descubierta, Iseult no podía evitar dejarse llevar por el sonido de los tambores. Esa cadencia sensual había encendido un fuego en su interior. Seguir a Lina se convirtió en algo instintivo.

Lanzó una mirada rápida en dirección a Nadim. Él la miraba fijamente con unos ojos que le abrasaban la piel.

Estuvo a punto de tropezar, pero logró seguir adelante de alguna forma.

Afortunadamente, Lina empezó a retirarse hacia el fondo de la estancia, donde ya se agolpaban el resto de las chicas, riéndose sin parar. Iseult trató de convencerse de que Nadim no la había reconocido. Después de todo, la sala estaba muy poco iluminada.

Los tambores seguían sonando.

Escandalizada ante lo que acababa de hacer, Iseult salió al exterior y respiró el aire fresco. Estaba temblando de la cabeza a los pies.

Justo en ese momento, alguien salió de la nada y la elevó en el aire con un movimiento ágil. Sentía una mano alrededor de la cintura y otra que le tapaba la boca. Como si no pesara más que una pluma, su captor se la llevó en brazos, hacia las sombras.

Capítulo 9

ISEULT forcejeó en vano. Trataba de gritar, pero no podía emitir sonido alguno. Y lo más aterrador de todo era que sabía exactamente quién era. La pared de acero que sentía contra la espalda le resultaba muy familiar. La había sentido aquel día, en el comedor de su casa, en Irlanda.

Pero ya no era terror lo que sentía, sino una extraña expectación. Levantó los brazos y trató de destaparse la boca, pero era imposible. Se estaban aproximando a una tienda grande, separada del resto. La entrada estaba flanqueada por dos quinqués flameantes. En cuestión de segundos atravesaron las gruesas cortinas de la entrada e Iseult sintió que sus pies tocaban el suelo.

Se dio la vuelta y le hizo frente a su captor. El corazón se le salía del pecho. Nadim estaba frente a ella, más alto e intimidante que nunca.

Las palabras de furia que se habían formado en su mente desaparecieron en cuanto se dio cuenta de que estaba medio desnuda. Se sentía como si ardiera por dentro bajo esa mirada penetrante.

–¿Viniste a este mundo con la intención de hacerme perder el juicio por completo?

Iseult tenía demasiadas cosas en las que pensar. Se sentía como si los pechos se le fueran a salir del top.

–Me sacaste de mi mundo y me metiste en el tuyo, así que si te estoy volviendo loco, la culpa es tuya.

–Sabía que era un error traerte aquí.

Un filo de dolor atravesó a Iseult por dentro cuando oyó sus palabras.

–Bueno... ¿Por qué no me mandas a casa entonces y así te libras de mí de una vez? –trató de pasar por su lado, pero él la agarró del brazo.

–No puedo dejar que te vayas, porque si te dejo marchar me volveré loco del todo. Estás en mi sangre, Iseult.

Iseult levantó la cabeza lentamente y le miró a los ojos.

–¿De... de qué estás hablando? –le preguntó, conteniendo la respiración.

Él la hizo ponerse frente a él. Se quitó el turbante y lo arrojó a un rincón. De repente parecía mucho más joven y rebelde.

–Te deseo. Te he deseado desde el momento en que te vi.

Iseult sintió un temblor en las piernas. No quería dejarse llevar por esa ola de deseo, no obstante.

–No voy a dejar que vuelvas a besarme simplemente porque te apetece, para que luego me eches a un lado porque he hecho algo mal.

Nadim se acercó. La agarró con ambos brazos.

A Iseult le costaba respirar. No pensaba con claridad.

–He tratado de mantenerme lejos de ti, pero ya no

puedo hacerlo. Me está volviendo loco. Ni siquiera voy a preguntarte cómo terminaste bailando con Lina. Cada vez que me doy la vuelta haces algo inesperado. Cuando te vi aparecer delante de mí, vestida de esa manera, perdí la cabeza... Necesito saberlo ahora. ¿Tú también lo deseas?

Iseult le miró a los ojos. Estaban a unos centímetros de distancia. Sus alientos se entremezclaban. El mundo real se desvanecía a su alrededor.

Bajo la luz tenue, en aquella tienda lujosa y exótica, era como si hubieran viajado al pasado, como si hubieran retrocedido cien años en el tiempo.

Nadim parecía un rey guerrero. La miraba con un gesto serio, esperando una respuesta. Todo lo que había ocurrido entre ellos se estaba materializando en ese momento, e Iseult sabía lo que tenía que decir.

«Sí».

La respuesta nació de lo más profundo de su ser y la inundó como una ola de calor. No era capaz de negar que le deseaba, de la misma manera que no podía vivir ni un segundo sin respirar.

–Sí... Yo también lo deseo.

Nadim la atrajo hacia sí hasta que sus cuerpos se tocaron.

«Los hombres Al Saqr pueden ser muy crueles cuando se proponen algo, y son igual de despiadados cuando han terminado contigo».

Las palabras de Jamilah salieron de la nada, pero no fue difícil ahuyentarlas. Nadim se acercaba cada vez más.

Cuando sintió sus labios fue como si el paso del tiempo transcurriera más lento. La besaba con tanta delicadeza y esmero, explorando cuidadosamente cada rincón... Jugaba con ella, la probaba, la mordía en el labio inferior y entonces volvía a besarla con una pasión apenas contenida.

Ese fue el detonante para Iseult. Con un tímido gemido se acercó más a él y le rodeó el cuello con los brazos.

Nadim, que no se fiaba del todo de sus palabras, la atrajo hacia sí aún más, acortando la distancia entre sus corazones palpitantes. Su lengua se adentró en la de ella.

La pasión se encendió entre ellos. Iseult notó que Nadim le apartaba el velo de la cara. Tenía las manos sobre sus caderas y la atraía hacia él cada vez más. Algo duro le presionaba el vientre.

Al darse cuenta de lo que era, no pudo evitar bajar la vista un momento para mirar. Nadim la siguió con la mirada hasta llegar a la daga que llevaba sujeta al cinturón.

Esbozó una sonrisa sexy.

—Creo que no la vamos a necesitar.

Con la boca seca, Iseult le observó mientras se la quitaba. Estuvo a punto de tirarla a un lado, pero entonces se lo pensó mejor. La sacó de la funda e hizo girar a Iseult hasta ponerla de espaldas. Ella se estremeció ligeramente, expectante. Sintió cómo le apartaba el pelo hacia un lado y entonces le tiró del top. El gélido filo de la daga le rozó la piel durante un instante y entonces sintió que la prenda se soltaba.

Conteniendo el aliento, Iseult se llevó las manos a los pechos y trató de sujetar el top en su sitio. La daga cayó al suelo y las manos de Nadim le abrieron el top. Un segundo más tarde sintió su aliento cálido sobre la piel mientras le daba besos desde el cuello hasta la espalda.

Iseult echó la cabeza hacia delante. Le latía sin control el corazón. Notó las manos de Nadim sobre las caderas y después sobre el abdomen. Sus labios volvieron a besarla en el cuello y en el hombro y entonces le bajó una manga del top.

No tenía experiencia alguna, pero un instinto femenino se apoderó de ella en ese momento. Cuando Nadim la hizo darse la vuelta de nuevo, le miró a los ojos y se perdió en dos negras lagunas llenas de promesas de placer. Todas las dudas que pudieran quedar se disiparon.

Mirándole a los ojos le dejó tirar de los lados rasgados del top.

—Confía en mí –le dijo él al ver que seguía cubriéndose los pechos con las manos.

Las dejó caer y el top se abombó, permitiéndole quitárselo.

Iseult temblaba. Sentía los pechos pesados y doloridos, más sensibles que nunca. El top deshecho cayó al suelo. Nadim se sonrojó. Apretó la mandíbula. Estiró un brazo y abarcó uno de sus pechos con la mano. Ella reprimió un gemido. No era capaz de bajar la vista. No quería ver la oscuridad de su piel contra la palidez de la suya propia.

—Eres tan hermosa... –le susurró Nadim, frotándole un pezón con la yema del dedo.

Esa vez sí estuvo a punto de caerse. En un acto reflejo, le agarró de los brazos para mantener el equilibrio y el movimiento la hizo apretarse aún más contra su mano. Aunque se sujetara de él, ya no era capaz de mantenerse erguida. En un abrir y cerrar de ojos Nadim la tomó en sus brazos y la llevó hasta la cama.

La tumbó con esmero, como si fuera una delicada muñeca de porcelana. Iseult no podía hacer otra cosa que mirarle mientras se quitaba la ropa. El traje exterior cayó al suelo, seguido del cinturón, y el oscuro *thobe* desapareció en una fracción de segundo.

Iseult le miró de arriba abajo, admirando la magnificencia de su formidable pecho, su piel dorada y su poderosa musculatura. Sus pezones, diminutos y oscuros, destacaban en medio del fino vello que le cubría el pectoral.

La mirada de Iseult siguió bajando hasta llegar a la cintura baja de sus pantalones. Eran sueltos y anchos, pero no lo bastante como para ocultar la prominencia de su miembro erecto. Con las mejillas ardiendo, Iseult levantó la vista de nuevo y vio que él la miraba fijamente. Avergonzada, se tapó los pechos con el brazo, pero él la hizo retirarlo y se lo hizo subir por encima de la cabeza. Sujetándole la mano, la mantenía cautiva.

–No te escondas de mí –le susurró, dándole un beso en los labios.

Un cálido sopor corría por las venas de Iseult. Sin embargo, al mismo tiempo se sentía llena de energía. Un dolor palpitante se asentaba en su vientre y entre sus piernas.

Con una lentitud exasperante, Nadim deslizó la otra mano alrededor de sus pechos, moldeando el contorno antes de abarcarlo con la palma. El pezón, duro y erecto, le provocaba.

Volvió a inclinarse y la colmó de besos por todo el pecho... Y después, tras un segundo de tortura, empezó a lamerle la areola y se llevó el pezón a la boca.

Iseult arqueó la espalda como si hubiera experimentado una descarga eléctrica. Nunca había sentido nada parecido en toda su vida. Apretó las piernas para contener la marea de calor. Sus dedos se cerraron alrededor de los de Nadim y empezó a acariciarle el cabello con la otra mano. Él continuó con el otro pecho, aplicándole la misma tortura, haciéndola gemir con todo su ser. Por fin le soltó la otra mano y se retiró un poco para contemplarla.

Iseult se sentía juguetona e incontrolable. Tenía los pezones húmedos y las mejillas sonrosadas. Le brillaban los ojos.

–Nadim... –susurró, sin saber siquiera lo que le estaba pidiendo.

Él se detuvo un instante. Por primera vez en su vida se sentía fuera de control con una mujer. El calor y la lujuria se habían vuelto uno y le nublaban el juicio, cubriéndolo todo con su espesa neblina. Lo único que quería era adentrarse en el exquisito cuerpo de Iseult.

Sabía que debía recuperar el control, no obstante, porque de lo contrario acabaría haciéndole daño, pero a esas alturas ya parecía imposible. Sus pechos eran como dos frutas suculentas.

Ella se mordió el labio inferior en ese momento. El deseo se reflejaba en sus ojos... Su cabello era un abanico de color alrededor de su rostro, alborotado y glorioso.

Deslizando las manos por su cuerpo, sobre la suave

curva de sus caderas, le desató el cinturón de los pantalones bombachos y se los quitó con facilidad, llevándose las braguitas con ellos.

Solo le quedaba la cadena dorada alrededor de la cintura y los brazaletes de los tobillos. Nadim se incorporó un momento y se quitó los pantalones.

El rostro de Iseult se transfiguró cuando vio la evidencia de su excitación.

Lo sabía todo sobre el sexo, aunque nunca lo hubiera practicado. Sabía cuál era la realidad, pero ver a Nadim, completamente desnudo y excitado, la intimidaba más de lo que se atrevía a admitir. Si en algún momento tuvo intención de decirle que era virgen, se le quitaron las ganas en ese momento. Habían llegado demasiado lejos y no quería dar marcha atrás. Si él hubiera sabido que era virgen...

Nadim se tumbó a su lado y tiró de ella. Iseult podía oler la fragancia almizclada de su excitación. Podía sentir su duro miembro contra la piel y quería mover las caderas.

De manera tentativa, deslizó una mano sobre su cintura estrecha y continuó subiendo hacia el torso. Su abdomen se contraía con cada respiración. Encontró uno de sus duros pezones y empezó a lamérselo por puro instinto, besándolo para después morderlo y tirar de él. El sabor de su piel era agradable.

Nadim la agarró del pelo y le hizo echar la cabeza hacia atrás. Torso contra torso, se tocaron por todas partes.

Con una mirada enigmática que Iseult no era capaz de descifrar, Nadim le dio un beso arrebatador y la atrajo hacia sí aún más. Sus brazos la rodeaban con mucha fuerza, aplastándole los pechos contra su poderoso pectoral. Iseult ni siquiera sabía dónde terminaba su propio cuerpo y dónde empezaba el de él.

Una urgencia incontenible crecía entre sus piernas, en su vientre. Era una espiral de tensión que la hacía moverse con agitación, haciéndole perder el control.

Él deslizó las manos por su espalda hasta llegar a su trasero y entonces la apretó contra su cuerpo. Iseult abrió las piernas de manera instintiva. Podía sentir la erección de Nadim, rozándose contra ellas. Sus corazones latían cada vez más rápido. Un sudor helado les cubría la piel. Iseult jamás había deseado algo con tanta avidez.

Con un movimiento fácil, Nadim cambió de posición hasta que Iseult quedó acostada boca arriba. Se colocó entre sus piernas. Podía sentir su potencia masculina entre los muslos, pero él seguía sin moverse. Simplemente se limitó a inclinar la cabeza para besarla de nuevo, emborrachándola con sus besos.

De pronto Iseult oyó el sonido de un plástico al romperse y le sintió retirarse un instante. Abrió los ojos, gimiendo con desesperación. Necesitaba algo en ese momento, algo que solo él podía darle. Le agarró de los bíceps y sintió cómo se contraían bajo su piel aterciopelada.

Abrió las piernas un poco más y enroscó los muslos alrededor de sus caderas. Él bajó un poco y la tocó con un dedo en el lugar más íntimo. Siguió deslizándolo hacia arriba, a lo largo de los pliegues de su henchido sexo, y entonces comenzó a frotarla allí donde el ansia era más palpable.

Iseult arqueó la espalda y se apretó contra su mano. No podía respirar. No podía pensar con claridad. Le agarró de los brazos con tanta fuerza que creyó que iba a dejarle marcas.

–Nadim... Por favor...

–¿Qué? –le preguntó él mientras la frotaba.

Su dedo entraba cada vez más.

–Podría jugar contigo durante toda la noche, pero ya no puedo esperar más.

Sin darle tiempo a reaccionar, la penetró rápidamente, llenándola, dilatándola por dentro. Iseult contuvo el aliento y movió las caderas como si quisiera retroceder un instante.

Nadim frunció el ceño.

–Iseult... ¿Eres...?

Ella le agarró de la cabeza y apretó las piernas alrededor de su cintura.

–No pares. Por favor, no pares, Nadim.

Le vio librar lo que parecía una intensa batalla interior.

–Relájate... –le oyó decir por fin–. Esto puede dolerte un momento.

Iseult le miró a los ojos. Le estaba diciendo que confiaba en él. Nadim flexionó la cadera y entonces empujó de nuevo, causándole un dolor abrasador.

Sus labios la cubrieron de inmediato. Comenzó a besarla con frenesí mientras empujaba más y más adentro. Pero el dolor se desvanecía por momentos y era sustituido por una deliciosa fricción. No quería dejarle escapar, así que empezó a mover las caderas en sincronía, pero entonces él volvió, empujando de nuevo, más adentro esa vez.

Las piernas de Iseult estaban alrededor de su cintura, su pecho se arqueaba contra él y la cabeza le caía hacia atrás. Era evidente que trataba de comprender todas las sensaciones que la sacudían en ese momento.

Nadim la agarró de la espalda y tiró de ella hacia delante al tiempo que empujaba más adentro, con más fuerza. Iseult gimió. Sentía su aliento sobre la piel, su boca alrededor de un pezón. Su lengua la lamía sin tregua y sus labios la acariciaban mientras tomaba una cadencia regular, saliendo y entrando en su cuerpo.

La intensidad de las sensaciones era abrumadora. Iseult no podía hacer otra cosa que no fuera aferrarse a él. Él era su ancla, el centro de su universo y estaba a punto de caer por un precipicio a su lado.

Sus embestidas se hicieron más prolongadas, más rápidas. Iseult sintió que sus músculos se contraían. Se dirigía hacia algo desconocido... De repente todo explotó a su alrededor, y un placer carnal que apenas podía imaginar la hizo vibrar por dentro mientras Nadim la penetraba una y otra vez.

Sus músculos se movían espasmódicamente a lo largo de su duro miembro. No podía articular palabra alguna. Lo que acababa de experimentar la había cambiado para siempre. Llevaba la marca de Nadim sobre la piel.

Mientras le observaba, los ojos de Nadim se cerraron. Echó atrás la cabeza y las venas de su cuello resaltaron. Empujó una última vez, con mucha más fuerza que antes, y entonces se detuvo. El único sonido que se oía era el jadeo constante de su respiración entrecortada.

Iseult seguía flotando en el limbo cuando sintió que unos brazos fuertes la levantaban de la cama. Murmuró algo y sintió el aliento de Nadim junto a la oreja. Esa voz profunda resonaba por todo su cuerpo, recordándole lo que acababan de compartir.

–Shh, te he preparado un baño. Seguro que te duelen los músculos.

Iseult sacudió la cabeza con esfuerzo. Ni siquiera era capaz de levantar la cabeza de su hombro. Parecía que estaba borracha.

–No. No me duele nada. Estoy feliz.

Empezaba a salir de una espesa neblina cuando él la sumergió en un baño aromático y cálido. El agua le acariciaba los sentidos. Él quiso retirar los brazos, pero le detuvo. Gimió a modo de protesta y abrió los ojos por fin.

Estaba en un baño muy grande y lujoso. Tenía el brazo de Nadim sujeto con una mano. Él se había puesto una bata.

Se sentía completamente desorientada, y si un extraterrestre hubiera aparecido en ese momento para decirle que habían aterrizado en otro planeta, no le hubiera sorprendido en absoluto.

Nadim le dio un beso en la boca, desencadenando una reacción en cadena. Quería pedirle que tomara el baño con ella, pero había algo en su hermética expresión que se lo impedía. No parecía ser el mismo hombre que un rato antes le había hecho el amor con idolatría.

Retiró la mano.

Nadim se puso en pie. Su altura resultaba intimidante por sí sola.

—Te he dejado un albornoz en una silla. Estaré fuera.

Iseult le vio marcharse. De repente se sentía como si le hubiera dado una bofetada en la cara, pero también sentía que le había dado el regalo más grande. Se metió en el agua de nuevo. Quería esconderse, borrar la vergüenza que se había apoderado de ella. Los miedos y las dudas empezaron a subir a la superficie.

¿Lo había provocado ella? ¿Había tergiversado las cosas para convencerse de que Nadim la deseaba de verdad? ¿Se había arrojado a sus pies como una fan descontrolada?

Se estremeció por dentro al recordar cómo la había tomado en brazos y se la había llevado a la tienda, como un pirata peligroso.

Recuperó una pizca de confianza en sí misma en ese momento. Él le había dicho que la deseaba desde el momento en que la había visto, así que lo que había notado en Irlanda no había sido producto de su imaginación.

Pero ¿por qué parecía tan distante de repente?

La cabeza se le llenó de dudas, preguntas e inseguridad. Se incorporó un poco y comenzó a lavarse, pero entonces reparó en los moratones que ya empezaban a aparecer en su piel. También tenía rojeces por la barba de Nadim.

Un calor repentino le subió por las piernas y se

concentró bajo su vientre. Aún no podía tocar esa parte de su cuerpo.

Nadim se detuvo ante las cortinas, a la entrada de su tienda. Era difícil de creer que solo hubiera pasado una hora desde ese momento en que su vida había dado un giro de ciento ochenta grados. Se oían risas y gritos procedentes del campamento, pero él solo podía recordar la lujuria cegadora que le había revivido por dentro.

Al verla vestida de esa manera no la había reconocido, pero tampoco había sido capaz de apartar la mirada de ella. Era más voluptuosa que las otras y sus movimientos eran espontáneos e improvisados.

«Iseult no ha conseguido embrujarme del todo», había pensado al sentir la reacción de su cuerpo.

Pero el alivio no le iba a durar mucho tiempo.

Finalmente, la joven misteriosa se acercó y entonces se dio cuenta. No podía ser nadie más que ella. Su piel, del color del alabastro más puro, resplandecía como si tuviera luz propia, y sus ojos, oscuros con reflejos dorados, la delataban por completo. Todos los hombres la miraban con ojos de lujuria y los celos se habían apoderado de él.

Tuvo que hacer acopio de toda su fuerza de voluntad para esperar a que terminara el espectáculo antes de ir a buscarla. Algo inevitable tenía que pasar.

Y pasó.

La certeza le atravesó la conciencia como un afilado puñal. Ella era virgen. Y sin embargo le había hecho el amor con tanto arrojo y pasión que, de no haber notado esa resistencia inicial, no se hubiera dado cuenta.

La única virgen con la que se había acostado había sido su esposa... Sus pensamientos se detuvieron en ese punto. Un nudo de culpabilidad se estaba formando en su estómago.

De pronto se dio cuenta de que el ruido del agua había cesado. Oyó unos pasos silenciosos a sus espaldas.

Lleno de una extraña expectación, se dio la vuelta lentamente.

Capítulo 10

ISEULT se preparó para lo que estaba por acontecer, aunque no supiera qué podría ser. Se apretó el cinturón del albornoz. Sentía una tierna calidez entre las piernas, generada por el recuerdo de todo lo vivido con Nadim.

Él se volvió al verla entrar. Su rostro era impenetrable.

–¿Por qué no me lo dijiste?

La pregunta, sencilla y directa, la hizo ofuscarse durante una fracción de segundo.

–¿Te habrías acostado conmigo si lo hubieras sabido?

Él guardó silencio. Iseult podía ver que libraba una batalla.

–Probablemente no. No.

Iseult bajó la cabeza, avergonzada.

–Creo que eso ya lo sabía. Pero yo no quería que dejaras de acostarte conmigo por eso.

Levantó la barbilla. Un espíritu desafiante la sacudía por dentro. De haber tenido otra oportunidad, hubiera hecho lo mismo. Deseaba a Nadim, y él la deseaba a ella.

Él se había acercado. La temperatura del ambiente aumentaba por momentos. Su aroma varonil la envolvía, la fragancia almizclada del sexo...

–Ya sabes que esto lo cambia todo.

Iseult le miró fijamente.

–¿Qué quieres decir?

De repente tuvo una horrible visión en la que Nadim le decía que como había sido su primer amante, una milenaria ley del desierto la obligaba a casarse con él.

Él esbozó una media sonrisa, como si pudiera leerle el pensamiento.

–No puedes parar esa imaginación calenturienta que tienes, ¿no? Puede que este sea un país con mucho apego a la tradición y a las viejas costumbres, pero esas tradiciones no se les aplican a las mujeres con las que me acuesto.

Iseult no entendió nada al principio.

«Las mujeres con las que me acuesto...».

Las palabras resonaron en su cabeza. Había algo insultante en la frase, algo tan arcaico como las tradiciones de las que acababa de hablar. Sin embargo, Nadim no era la clase de hombre que tenía una novia o una compañera. Pertenecía al mundo moderno, pero no pertenecía a él al mismo tiempo.

Trató de comprender lo que decía.

–¿Me estás diciendo que simplemente porque me he acostado contigo esta vez, me he convertido en tu amante?

Él se acercó. Iseult apretó con fuerza el cinturón del albornoz.

–Eso es lo que estoy diciendo. No me basta con haberme acostado contigo una vez. En absoluto. Eres inocente, Iseult. Puedo enseñarte... Puedo ayudarte a explorar tu sensualidad.

Iseult se ruborizó. ¿Cómo podía saber lo que estaba diciendo? ¿Cómo iba a saber que estaba poniendo el dedo en la llaga?

Sacudió la cabeza.

–No sé... No sé cómo me siento respecto a eso.

En una fracción de segundo, Nadim estaba a su lado, lo bastante cerca como para agarrarla de la cintura y estrecharla contra su cuerpo. Los albornoces eran tan finos que podía sentir su grueso miembro contra el muslo.

De repente, la idea de no volver a tener la oportunidad de acostarse con él le resultaba inconcebible.

Sus ojos la embelesaban.

–Te estoy ofreciendo todo lo que puedo dar, Iseult. Puedes ser mi amante y explorar esta atracción durante todo el tiempo que la sintamos.

¿Cómo iba a pensar teniéndole tan cerca? Era como si más allá de la tienda hubiera un reino mítico que la llamaba poderosamente, que la incitaba a rendirse. Él la había hecho despertar de un largo letargo. Gracias a él había vuelto a sentirse mujer. Pero no había nada más allá de esa mera atracción física. Si había alguien que podía hacerla sentir hermosa, ese era Nadim, pero él le había dejado claro que habría un final más tarde o más temprano.

–Muy bien... –dijo finalmente. Se sentía como si estuviera saltando por un precipicio.

Una extraña expresión cruzó el rostro de Nadim. Parecía cinismo. Iseult se puso tensa. De pronto tenía la sensación de haber pasado a formar parte de esa larga lista de mujeres que nunca le habían dicho que no. Durante un segundo deseó haber sido más fuerte.

Nadim la atrajo hacia sí. Su expresión había cambiado. Era puro deseo.

La tomó de la mano y la condujo de vuelta a la cama, que todavía estaba revuelta tras el fragor amoroso. Se tumbó y la hizo acostarse a su lado. El albornoz se le abrió un poco, dejando al descubierto uno de sus pechos.

Avergonzada, quiso cubrirse de inmediato, pero Nadim le agarró la mano. Le quitó la prenda de los hombros y le bajó las mangas. Iseult sintió un cosquilleo en la entrepierna al ver cómo la miraba. Sus pechos florecían bajo esa mirada. Se hinchaban y se endurecían.

–¿Tienes hambre? –le preguntó antes de tocarla.

Iseult guardó silencio. Tenía hambre, pero no de comida. Como si pudiera leerle el pensamiento, Nadim se echó a reír.

–Aprendes rápido, mi dulce Iseult. Ya habrá tiempo luego para la comida, supongo –le agarró el pecho y se llevó un pezón a los labios.

Sintiéndose desesperadamente juguetona, Iseult se dejó llevar. Contuvo el aliento. Agarró las sábanas con fuerza.

Él le abrió el albornoz del todo, desnudándola ante sus ojos, y entonces comenzó a besarla en el vientre, allí donde sus rojos rizos escondían el lugar secreto del deseo. Le separó las piernas.

–¿Nadim?

Él la miró a los ojos.

–Esta vez todo será para ti, para tu propio placer. Te enseñaré otra forma de caer por el precipicio.

Comenzó a besarla por la cara interna de los muslos. Iseult sintió el aliento cálido sobre su sexo...

A la tarde siguiente, de pie junto al todoterreno de Nadim, Iseult miró a su alrededor. Los hombres estaban desmontando las tiendas. Lina ya se había marchado con el equipaje.

Le estaba esperando para volver a Merkazad. No había discusión posible sobre el viaje de vuelta. Tenía que ir a su lado porque estaba con él. Bien podría haber llevado un cartel colgado del cuello que dijera: *Me he acostado con Nadim y ahora soy de su propiedad.*

Pero ni siquiera esa certeza fue capaz de empañar la chispeante sensación que le corrió por las venas cuando le vio a lo lejos. Estaba hablando con un anciano, escuchándole con paciencia. Nadim al Saqr había despertado una sed en ella que jamás conseguiría saciar.

Las cosas habían cambiado, no obstante. Lo había notado en la reacción de Lina al verla volver. La empleada ni siquiera la miraba a los ojos. Lejos habían quedado todas las sonrisas y las bromas. Le había preguntado si pasaba algo, pero la joven le había respondido de manera evasiva.

Había pasado a formar parte del séquito del jeque y el servicio debía tratarla de acuerdo a su nuevo estatus.

Pero, a pesar de todo, Iseult no sentía remordimiento alguno por la decisión que había tomado.

Nadim fue a su encuentro. Su túnica blanca parecía flotar en el aire a su alrededor.

Durante el camino de vuelta, Nadim se pasó la mayor parte del tiempo hablando por el teléfono móvil, utilizando una gran variedad de idiomas.

Iseult trató de relajarse contemplando el paisaje, pero le resultó imposible. Su cuerpo parecía vibrar en una frecuencia más alta. Nadim la agarraba de la mano de vez en cuando y buscaba su mirada.

Le había hecho el amor una y otra vez, pero no había buscado su propio desahogo. Dejaba que su cuerpo se acostumbrara al placer que podía darle con tanta facilidad.

Ella, no obstante, le había suplicado que la hiciera suya en muchas ocasiones, pero él se había resistido.

–¿En qué piensas?

Iseult se volvió, sonrojada. Estaba tan absorta que ni siquiera le había oído terminar la conversación.

–En nada –masculló. Seguramente su cara la delataba.

Nadim sonrió seductoramente y la agarró de la mano. Le dio un beso en la palma. Iseult se movió y trató de apartar el brazo.

–No... El conductor...

Miró al frente, pero el conductor parecía totalmente concentrado en el volante.

–Es como si estuviéramos solos –le dijo él, soltándole la mano. Asad no habla inglés.

–Puede que no, pero no tiene que saber inglés para saber qué está pasando.

Nadim se puso serio.

–Lo sé. Lo sé. Eres el jeque y nadie cuestiona lo que haces. Pero ¿qué pasa conmigo? Yo tengo que trabajar...

–Ya no tienes que trabajar más.

Iseult abrió la boca y la cerró de inmediato. Por mucho que odiara los cotilleos, tampoco estaba dispuesta a esconderse. Una chispa se encendió en su interior.

–No voy a dejar que me encierren en ese castillo como si fuera una especie de concubina. Quiero seguir trabajando con Devil's Kiss. Y quiero ayudar a Jamilah en los establos.

Nadim se encogió de hombros y se quitó una pelusa inexistente del traje con un aire de indiferencia.

–No tengo problema con que trabajes, siempre que estés en mi cama cuando yo quiera.

Se acercó más a ella.

–Ahora eres mi amante, Iseult, y estarás en mi cama hasta que yo quiera.

Iseult sintió la punzada de la rebeldía.

–¿Y qué pasa conmigo? ¿Yo no tengo nada que decir?

Él sacudió la cabeza.

–En realidad, no, *habiba*.

–¿Qué quiere decir eso? –le preguntó. Le había llamado de esa manera varias veces la noche anterior.

Nadim hizo una mueca. Una oscura expresión atravesó su rostro.

–Significa «amada» –le dijo finalmente con una reticencia evidente–. Pero es una forma de hablar solamente –la agarró de la barbilla y su voz se endureció–. Sé que el primer amante puede suscitar sentimientos... No te enamores de mí, Iseult. No soy responsable de tu corazón.

Un dolor lacerante la atravesó como un relámpago.

–Sé cuidar de mí misma –le dijo, arremetiendo contra él sin pensar en lo que decía–. No sería tan tonta como para entregarle mi corazón a alguien que ni siquiera amaba a su esposa.

Los ojos de Nadim brillaron peligrosamente. La agarró con más fuerza.

–Muy bien. Entonces ambos sabemos qué terreno pisamos.

Iseult apartó la cara con brusquedad.

–Y de todos modos... ¿Quién te dice que no vas a enamorarte tú de mí?

Había algo tan vulnerable en ella... Era como un cachorro que quería enfrentarse a un rival mucho más grande. Nadim sintió ganas de besarla hasta hacerla enloquecer. Quería desnudarla y hacerle el amor allí mismo.

Maldijo al conductor. No sabía inglés, pero ella tenía razón. Sabía muy bien qué pasaba entre ellos.

–Yo no me voy a enamorar. Puedes estar segura de ello. El amor no tiene ningún sentido en mi vida.

–Pero algún día te casarás de nuevo.

–Sí, claro –le dijo, restándole importancia con un gesto–. Pero esa vez me aseguraré de que la elegida no se haga ilusiones sentimentales. El presente es lo único que me importa, Iseult, y tú eres el presente. Cuando volvamos a Merkazad verás que Lina habrá cambiado tus cosas a una habitación más cercana a la mía.

–¿Me sacan de los aposentos de las sirvientas para meterme en el harén?

Nadim sonrió.

–Algo así.

Iseult se estremeció. Se preguntó cómo podía hacerle perder la cabeza de esa manera, aun cuando sabía muy bien lo cruel y despiadado que podía llegar a ser. ¿Acaso aborrecía la idea del amor a causa de la experiencia vivida con su esposa?

Podía entender que el amor no fuera una prioridad para un monarca a la hora de contraer matrimonio. Alguien como él tenía que establecer un vínculo estratégico.

El teléfono de Nadim volvió a sonar de nuevo en ese momento. Él contestó, liberándola de su intensa mirada durante unos segundos. Iseult agradeció el descanso, pero no pudo evitar mirarle de reojo y deleitarse una vez más con su mayestático perfil, su mandíbula fuerte, su tez dorada... Era muy fácil recordar cómo la había llevado a la cumbre del éxtasis en innumerables ocasiones, con sus manos y su boca.

¿Acaso era una idiota al dejarse llevar por esos recuerdos? Dos voces batallaban en su cabeza con respuestas contradictorias. Sabía que no tenía elección. Debía quedarse, a menos que quisiera poner en peligro la seguridad de la que disfrutaba su familia gracias a él. Además, en el fondo era consciente de que no era capaz de irse. Nadim se la había llevado en un viaje de los sentidos y no tenía la fuerza de voluntad necesaria para negarse a lo que más anhelaba.

Jamilah y el mismo Nadim no tenían que decirle que tuviera cuidado. Nunca se enamoraría de él.

Unas horas más tarde, no obstante, le fue muy difícil mantener la decisión.

Ya de vuelta en el castillo, Iseult miró a su alrededor. Su nueva habitación era todavía más suntuosa que la de antes, pero nada de eso importaba en ese momento. Nadim estaba en el umbral, vestido con el atuendo tradicional. El traje, largo y vaporoso, apenas contenía su poderoso físico.

Dio unas pocas zancadas hasta la cama y cuando llegó junto a ella, ya estaba desnudo. A Iseult se le secó la boca al contemplar esa musculatura perfecta. Él retiró la sábana.

–Tengo que pensar en conseguirte algo de lencería sexy –le dijo, al ver que llevaba unos pantalones y una camiseta.

Iseult se puso a la defensiva de inmediato. Estiró los brazos y trató de subir la sábana de nuevo. Pero Nadim se tumbó a su lado y la hizo detenerse.

–No soy una muñeca a la que puedes vestir a tu antojo. Resulta que estoy muy cómoda así como estoy.

Manteniéndola cautiva con ambas manos, Nadim se inclinó y le dio un beso apasionado. Cuando terminó, Iseult ya estaba loca de deseo.

–Podrías ponerte un saco de patatas y aún seguiría perdiendo la cabeza por ti... pero también tienes que conocer la sensualidad de la seda y del encaje. Y creo que en eso puedo ayudarte.

–No necesito ni seda ni encaje. Solo te necesito a ti.

Nadim le soltó las manos. Tiró de la camiseta hasta quitársela por la cabeza y se sentó un momento para admirar su belleza. Sus pechos, grandes y turgentes, tenían los pezones sonrosados. Yacía en la cama como una cortesana, con las manos por encima de la cabeza y el cabello extendido alrededor del rostro.

De repente se mordió el labio inferior y se tapó los pechos con las manos. Nadim sintió un repentino placer, así que, para no delatarse, se inclinó hacia delante y le apartó las manos.

—Y basta de sujetadores deportivos.

Iseult respiró profundamente y cerró los ojos al sentir los labios de Nadim. Húmeda y caliente, esa boca la transportaba a un universo paralelo. Con una gran facilidad de movimiento, él le había quitado las braguitas. Estaba a su lado, completamente desnudo.

De manera instintiva, Iseult agarró su miembro y comenzó a acariciarle.

—Por favor, Nadim... —le dijo entre beso y beso—. Quiero que me hagas el amor... como hiciste antes.

Nadim retrocedió un momento. Deslizó una mano a lo largo de su abdomen y buscó su entrepierna.

—¿Ya no te duele?

Iseult se sorprendió al ver cuál era su preocupación. ¿Era por eso por lo que se había estado conteniendo? Sacudió la cabeza y gimió suavemente al sentir que la penetraba con un dedo. Comenzó a mover las caderas, abandonándose al placer.

Apenas oyó el sonido del envoltorio de plástico al abrirse, ni tampoco le oyó ponerse la protección. No la tumbó boca arriba sobre la cama, sino que la atrajo hacia sí hasta tenerla cara a cara. Después le levantó una pierna y la colocó por encima de su cadera, abriéndola aún más.

Un segundo después, Iseult sintió la punta de su miembro erecto. Nadim la besó con frenesí y al mismo tiempo la penetró hasta el fondo.

Iseult le rodeaba el cuello con ambas manos y tenía las piernas alrededor de sus caderas. Él estaba en su interior, a punto de empezar a moverse de nuevo. De repente se dio cuenta de que todo lo que se había dicho a sí misma era mentira.

Él empezó a empujar, lenta y poderosamente. Comenzó a besarla a lo largo del cuello e Iseult ya no pudo pensar más. Le agarró un pecho y se lo llevó a los labios. Ella enredó las manos en su cabello y le sujetó con fervor, apretando las piernas alrededor de su cuerpo mientras su incansable trasero le daba el placer más exquisito.

Después de una poderosa embestida, Iseult ya no pudo aguantar más. Sintió que explotaba en mil pedazos. Jamás había conocido nada parecido.

Cuando la alarma del teléfono la despertó a la mañana siguiente, supo que estaba sola en la cama. Agarró la sábana y se cubrió.

Se sentía saciada, presa de un pesado letargo, como si le hubieran inyectado una droga soporífera. La noche anterior, después de hacer el amor, Nadim la había acurrucado contra su pecho, y habían permanecido así durante un buen rato. Pero él se había marchado finalmente.

«Aquí te pillo, aquí te mato».

Iseult no pudo evitar recordar la popular expresión. Por mucho que se hubiera esforzado, jamás hubiera podido encontrar un contexto que la describiera mejor. Pero ¿qué esperaba? No podía hacerse ilusiones. Nadim había sido sincero desde el principio. ¿Acaso esperaba dulces palabras de amor? ¿Horas y horas en sus brazos? ¿Esperaba que la tomara de la mano y le dijera que la amaba?

De repente se dio cuenta de que así debía de haberse sentido su difunta esposa. Le dio un vuelco el corazón. Una terrible certeza acababa de golpearla en la cara.

Nadim al Saqr podía llegar a destruirla.

Esa noche, Iseult sintió dolores por todo el cuerpo a causa de la tensión y el trabajo. Había mantenido la cabeza bien alta durante todo el día, pero estaba claro que todo el mundo estaba al tanto de su nuevo estatus en la vida del jeque. Se dirigían a ella con mucho respeto y cuidado, y solo podía esperar que se olvidaran de ello lo antes posible.

Por suerte, Jamilah continuó tratándola como siempre. Al llegar le dedicó una mirada un tanto enigmática, pero Iseult lo achacó todo al estrés que parecía tener. A última hora, cuando fue a buscarla para preguntarle qué ocurría, no la encontró en ningún sitio.

Como el despacho estaba vacío, aprovechó para llamar a casa y hablar con su padre y sus hermanos. Hacía algunos días que no sabía nada de ellos. Al colgar el teléfono, respiró hondo y, justo en ese momento, se abrió la puerta. Era Nadim, y parecía enojado.

Iseult se puso tensa de inmediato. Iba vestido con traje y corbata. Había vuelto a ser el empresario elegante de siempre.

−¿Por qué no estás en el castillo, esperándome?

Iseult se puso en pie, temblando de la cabeza a los

pies. Nunca le había oído hablar en un tono tan autoritario.

–No sabía que tuviera que seguir un horario. ¿Debería leerme alguna guía para amantes de jeques?

Nadim avanzó hacia ella y cerró la puerta.

–Sigues tan contestataria como siempre. Y yo que pensaba que la pasión serviría para domar un poco esa lengua que tienes.

Iseult se puso erguida.

–No soy un animal al que hay que domar, jeque. Que haya accedido a acostarme contigo como una idiota no significa que me hayan hecho una lobotomía durante el proceso. Por muy extraño que parezca, no era la ambición de mi vida convertirme en la amante de un jeque.

Nadim echó la cabeza atrás y se echó a reír. Se acercó un poco más y la agarró de los brazos. Le brillaban los ojos.

Ella se resistió.

–No te rías de mí.

Nadim la miró con ojos serios de repente.

–Creo que por eso tienes tan buena mano con los caballos purasangres. Puedes sentir cómo luchan, cómo se resisten, y ellos saben que los entiendes.

Era la primera vez que alguien ponía en palabras lo que el instinto le había dicho durante toda su vida.

–Creía que lo de «jeque» había quedado atrás. Y no has sido una tonta al acceder a acostarte conmigo... Creo que fue una decisión muy sabia. En cualquier caso, no habrías podido negarte.

–¿No?

–No. No hubiera descansado hasta tenerte donde quería.

Le tiró de la goma del pelo y se lo soltó. Podía sentir su mirada sobre los hombros, siguiendo el movimiento de su cabello. Estaba tan cerca que podía sentir la fuerza latente de su cuerpo.

–No creo que a Jamilah le guste que hagamos el amor sobre su escritorio, ¿no?

Iseult sacudió la cabeza. Una ola de calor la inundaba por dentro al imaginárselo sobre la mesa, a punto de hacerle el amor.

–Bueno, si no nos movemos pronto, eso es exactamente lo que va a pasar. Esta noche vamos a cenar juntos en mi habitación, y te he comprado algunos regalos.

Al tomarla de la mano, vio una extraña mirada en sus ojos.

Todavía sentía esa rabia que le había recorrido por dentro al ver que no había regresado a su habitación. Apenas había podido concentrarse durante las numerosas reuniones que había tenido ese día. Las imágenes y recuerdos de lo que habían compartido la noche anterior le asaltaban una y otra vez.

Se moría por verla de nuevo y, al no encontrarla en sus aposentos, había salido corriendo rumbo a los establos.

–Hisham vendrá a buscarte dentro de una hora –le dijo, ya en la entrada del castillo.

Iseult dio media vuelta, pero él la llamó de nuevo. Su expresión era impenetrable y sus ojos parecían más negros que nunca.

–Me gustaría que llevaras el vestido dorado.

Iseult quiso decirle que no tenía un vestido dorado, pero él ya se alejaba.

Cuando regresó a su habitación, se encontró con Lina, rodeada de bolsas, cajas y papel brillante. La empleada tenía el rostro descubierto, aunque todavía llevaba el velo. Le brillaban los ojos.

–¡Mire, señorita Iseult! ¡Todo esto es para usted!

Iseult se llevó una gran sorpresa. Se sentó en la cama, pero tuvo que levantarse de inmediato. Se había sentado encima de unos zapatos. Los recogió. Eran preciosos. Eran de gamuza verde oscuro y tenían incrustaciones de pedrería a un lado. Los tacones daban vértigo.

Lina estaba más servicial que nunca y era evidente que le habían dado instrucciones. Se la llevó al cuarto de baño y le preparó un baño completo, con pétalos de rosa y velas. Iseult se resistió un poco, pensando que algo tan refinado no era para ella, pero Lina se empeñó y la metió en la bañera en un abrir y cerrar de ojos. Mientras yacía en el agua, Iseult podía oír el ruido del papel al rozarse. Lina lo estaba colgando todo.

De vez en cuando se hacía el silencio y solo se oía un leve suspiro cuando Lina se encontraba con alguna prenda digna de contemplación.

Pero no se trataba de un cuento de hadas. Era la amante del jeque y él la estaba moldeando a su antojo y capricho.

Debía sentirse insultada, molesta... Pero cuando entró en el dormitorio y vio el traje dorado que Lina tenía entre las manos, todo vestigio de rabia se desvaneció.

Capítulo 11

LINA se volvió y le mostró el vestido. Era una túnica hecha de algo que parecía oro puro, con complicados bordados en el dobladillo en tonos plateados. Cuando Lina se acercó un poco más, pudo ver que el color resplandecía bajo la luz, exhibiendo todo un abanico de tonalidades de dorado.

Sobre la cama había dos jirones de tela dorada que hacían las veces de lencería. Iseult empezó a sudar. El miedo le recorrió la piel.

–Lina, no puedo ponerme esto... Me pondré mis vaqueros...

Con un movimiento rápido, Lina le quitó la toalla que llevaba puesta y no tuvo más remedio que ponerse la ropa interior. El sujetador era diminuto, pero le encajaba como un guante. Las braguitas eran de tipo *culotte*.

Lina le dio unas mallas de la misma tela que el vestido. Se las puso y después se puso el traje.

El tejido se deslizaba por su cuerpo como si estuviera vivo. El escote era en «V», y bastante atrevido. El encaje del sujetador asomaba por el borde.

–Es pura seda de la India, señorita Iseult.

Lina la hizo sentarse y empezó a secarle el pelo. Se lo echó a un lado y se lo sujetó con una horquilla que parecía una antigua reliquia, dejando que el resto le cayera sobre un hombro. Le puso un poco de *kohl* y máscara de ojos. Cuando se miró en el espejo, parecía una de esas mujeres misteriosas que había visto en la calle el primer día, cuando había salido a comprar ropa con Jamilah.

–Está preciosa, señorita Iseult.

Iseult hizo una mueca. Casi no se reconocía a sí misma, y la experiencia era tan parecida a un sueño que resultaba abrumadora.

Lina se marchó y regresó con un par de sandalias doradas. Iseult se puso en pie y se subió a ellas. Trató de abrochárselas, pero sus dedos eran demasiado torpes. Lina tuvo que agacharse para ayudarla.

De repente llamaron a la puerta.

–Ese debe de ser Hisham. Él la llevará a los aposentos del jeque.

Iseult sintió ardor en las mejillas. ¿Todo el mundo sabía lo que estaba ocurriendo? Lina casi la empujó por la puerta y no tuvo más remedio que seguir al empleado.

Cuando llegaron a la habitación de Nadim, le latía el corazón alocadamente. A lo mejor no estaba allí. Quizás todo había sido un error. O tal vez se reiría de ella al ver que se había esforzado tanto por ser... hermosa.

Pero Hisham llamó, la puerta se abrió y allí estaba Nadim, impecable con una camisa blanca y unos pantalones negros. Era evidente que acababa de ducharse, pues todavía tenía el cabello un tanto mojado.

Le dijo algo indescifrable a Hisham y el empleado se retiró. Entonces la tomó de la mano y tiró de ella.

Iseult miró a su alrededor, maravillada ante tanto lujo. Todo estaba decorado en tonos crema y dorado. Había flores por todas partes. Unas puertas enormes daban acceso al patio privado desde el que se divisaba todo el complejo. Las luces de Merkazad parpadeaban en la distancia.

La soltó un instante, pero Iseult apenas se dio cuenta. Estaba embelesada con las vistas. Finalmente se dio la vuelta y le vio echar un brebaje de color miel en dos vasos de cristal.

–Un brindis –le dijo, dándole un vaso–. Por ti, Iseult. Estás preciosa esta noche.

Nada más oír sus palabras, Iseult sintió vergüenza. Se sonrojó y bebió un sorbo. Las burbujas bajaron por su garganta y la hicieron toser.

Nadim sonrió y arqueó una ceja.

–¿Nunca antes has bebido champán?

–Claro que sí. No soy una completa paleta –sonrió también–. Pero creo que el champán que he probado yo no era exactamente como este.

Nadim se dejó hechizar por esa sonrisa encantadora. Esperaba que estuviera preciosa con el vestido dorado, pero la realidad era mucho más que eso. El tejido se adaptaba a sus curvas y acariciaba el contorno de sus pechos perfectos. Su cintura parecía más estrecha que nunca y sus caderas redondeadas le atraían poderosamente.

Su cabellera pelirroja resplandecía como una llamarada y sus ojos parecían algo más oscuros.

Iseult se alejó de repente, para mirar algo.

–¿Esta es tu esposa?

Se dio cuenta de que no debería haber hecho la pregunta en cuanto las palabras salieron de su boca. La tensión se apoderó del ambiente. Miró a Nadim un instante y luego volvió a mirar la instantánea. La joven que aparecía en la foto era increíblemente hermosa, y le miraba con unos ojos de amor que partían el alma.

–Sí –dijo él, parco en palabras–. Esa es Sara. Lo siento. Debí guardarla.

Iseult ocultó el dolor que sentía. A pesar de todo lo que le había dicho, tenía que albergar algún sentimiento por su esposa. De lo contrario, jamás hubiera puesto esa foto en un marco.

–No digas tonterías, Nadim. Era tu esposa. Sería extraño que no tuvieras fotos por aquí.

–La única tontería es que estés tan lejos de mí. Ven aquí.

Iseult cerró la puerta con firmeza y fue a su encuentro.

–Eres tan mandón... ¿No te lo han dicho nunca?

Él sonrió entonces. Era una sonrisa auténtica, como si se hubiera relajado de repente. La agarró de la mano en cuanto estuvo lo bastante cerca.

–No. Tú eres la única lo bastante temeraria como para insultar al jeque de Merkazad.

–Menos mal, diría yo. Todas esas reverencias y protocolos a seguir deben de hacerse insoportables.

Ambos sonrieron e Iseult se sintió más tranquila de repente. Alguien llamó a la puerta con timidez y Nadim dijo algo en árabe.

Un momento más tarde, la habitación estaba llena de empleados que llevaban platos llenos de exquisitos manjares. Nadim la condujo hacia la terraza de nuevo. Una mesa decorada con velas los esperaba.

Con gran agilidad y economía de movimientos, los sirvientes pusieron todos los platos sobre la mesa. Hisham se detuvo a su lado un momento y les preguntó si necesitaban algo más.

Nadim sacudió la cabeza. El empleado dio media vuelta, pero Iseult le hizo detenerse.

–*Shukran*.

Cuando se quedaron solos, se volvió hacia Nadim.

–¿Qué pasa? –le preguntó al ver su cara de asombro.

–¿Has estado aprendiendo árabe?

Iseult se encogió de hombros.

–Jamilah me ha enseñado unas cuantas palabras.

Era una locura sentir celos de Jamilah porque le enseñara árabe, pero no podía evitarlo.

Sirvió dos copas de vino.

–Bueno, si me lo permites, a lo mejor esta tarde puedo enseñarte algo acerca de la comida tradicional de Merkazad.

Un par de horas más tarde, Iseult protestó, levantando una mano.

–Por favor, más comida no. Nunca he comido tanto en toda mi vida.

Nadim dejó un suculento dátil sobre el plato. Verla disfrutar de todos esos manjares había despertado su libido.

Iseult se echó hacia atrás y se dejó llevar por el delicioso sopor que la invadía por dentro. Jamás había pensado que una cena pudiera tener tantas posibilidades eróticas.

Nadim había rechazado los cuchillos y tenedores y le había dado de comer con sus propias manos.

Bolas de arroz con especias exquisitas, bocados de pez rey que se le deshacían entre los dedos, vino, dátiles enormes, llenos de jugo pegajoso...

Nadim la miró durante unos segundos.

—Pensé que estabas demasiado delgada cuando te conocí.

—¿Entonces estás tratando de engordarme?

Él se echó hacia delante.

—Debió de ser duro para ti, ponerte al frente de todo, y mantenerlo en marcha.

Iseult parpadeó, sorprendida. La vergüenza la azotó de inmediato. Empezó a jugar con la taza de café vacía.

—No fue tan malo en realidad.

Nadim arqueó una ceja.

—Sé que Jamilah trabaja muy duro, y tiene a todo un equipo a su disposición. Sé lo difícil que es llevar un establo, aunque sea pequeño. Y encima de todo, tuviste que hacerte cargo de tu padre alcohólico.

Iseult se puso a la defensiva.

—Mi padre nunca fue agresivo. Solo... trataba de ahogar sus penas, literalmente —se encogió de hombros y miró hacia la rutilante ciudad—. Y en cuanto a lo de estar al frente de todo, nunca tuve tiempo como para pararme a pensar en ello.

Como quería desviar la atención de sí misma, recordó algo que él le había dicho en Irlanda.

—¿Qué querías decir cuando me dijiste que sabías lo que se siente cuando todo lo que conoces está en peligro?

Nadim guardó silencio durante unos segundos. Se levantó de la silla, tomó su copa de vino y fue a pararse junto a la balaustrada de piedra del balcón privado.

Al principio habló en voz muy baja, tanto así que Iseult tuvo que esforzarse para oírle. Finalmente, se puso en pie y fue junto a él.

–Pasó un par de veces. Siempre tuvimos una alianza difícil con Al-Omar. Nos habían dado nuestra independencia muchos años antes, pero cuando el tatarabuelo del actual sultán tomó el poder, quiso recuperar el control sobre Merkazad. Nunca logró atacar, pero las intenciones continuaron con las siguientes generaciones. Cuando yo tenía doce años fuimos atacados por el padre del actual sultán. Nos tomaron por sorpresa, porque no habíamos tenido conflictos bélicos en mucho tiempo...

Iseult estaba embelesada, escuchándole. Lo que le estaba contando era como algo de otro mundo.

–A Salman y a mí nos despertaron en mitad de la noche. Mi madre nos dijo que nos vistiéramos. Tuvimos que correr por unos pasadizos secretos, pero nos atraparon.

–¿Qué pasó?

–Nos mantuvieron prisioneros en una vieja cárcel, en el sótano del castillo.

Iseult contuvo el aliento.

–Pero si erais la familia que regía el país. ¿No hay algún tipo de protocolo para eso?

Nadim hizo una mueca.

–En este mundo, no.

–¿Cuánto tiempo estuvisteis encerrados?

–Casi tres meses. Creo que aquello afectó mucho más a mi hermano. Por alguna razón, nuestros captores disfrutaban mucho atormentándole. Le sacaban de la celda durante horas, y cuando volvía, no decía ni una palabra. Yo intenté que me llevaran a mí, pero lo único que hacían era golpearme... Tuvimos suerte. Nuestros vecinos beduinos vinieron a buscarnos. Nuestros invasores se habían confiado. Pensaban que íbamos a pudrirnos en esa mazmorra... Pero teníamos amigos poderosos a los que les interesaba que Merkazad siguiera siendo una nación independiente. Y mi padre era un gobernante muy querido. Una noche atacaron y nos liberaron. Pero lo habíamos perdido todo... Los establos habían sido saqueados. Habían matado a tiros a todos los caballos. Se lo habían llevado todo del castillo. Solo quedaban los murales de las paredes.

Iseult sacudió la cabeza. Trató de comprender lo que debió de sentir.

Él se volvió hacia ella, agitando la copa de vino entre los dedos.

–Y entonces mis padres murieron en un accidente de avión cuando yo tenía dieciséis años. Salman tenía doce. En cuanto murieron volvimos a encontrarnos bajo la amenaza de una invasión, pero esa vez estábamos más preparados. Mi padre había contratado a guerreros para vigilar todos los puntos estratégicos de la frontera, para que el rey de Al-Omar no pudiera atacar de nuevo... El padre del sultán actual murió mientras yo estaba en Inglaterra, estudiando, con Salman, y por primera vez supimos que estábamos a salvo. Los consejeros gobernaron el país hasta que yo terminé mis estudios. Cuando alcancé la edad de veintiún años pude tomar las riendas como jeque de Merkazad.

Iseult se dio cuenta de algo en ese momento.

—Jamilah debía de ser muy joven cuando sus padres murieron.

—Sí. Solo tenía seis años. Se quedó aquí y fue al colegio en Merkazad. Yo me aseguré de que mi familia cuidara de ella.

—Pero ahora todo está en paz, ¿no? Dijiste que eras amigo del sultán actual.

Nadim asintió.

—Fuimos juntos al colegio en Inglaterra —sonrió—. Al principio nos odiábamos. Solíamos pelearnos constantemente. Pero cuando descubrimos que ambos estábamos interesados en mantener la paz, las cosas cambiaron. Ambos queríamos vivir en una sociedad democrática y moderna. Teníamos nuestros ideales. Cuando murió su padre, hicimos una alianza que perdurará a través de las generaciones.

Iseult sintió remordimientos de repente. No debería haberle juzgado tan duramente al conocerle. Sabía lo que era la responsabilidad y el deber desde una edad muy temprana. De alguna manera, eran muy similares, y sin embargo... No lo eran. Sus propias responsabilidades estaban circunscritas a un mundo mucho más pequeño, y cada vez que pensaba en ello se daba cuenta de las grandes diferencias que los separaban. Había un abismo entre ellos. Algún día él encontraría a la novia adecuada y volvería a casarse. Tendría herederos que preservarían su legado y ella...

Su mente se detuvo cuando Nadim dejó la copa sobre la mesa y la agarró de la mano.

Como si fuera un potente imán, se entregó a sus brazos, temblando de emoción.

Nadim deslizó un dedo sobre su mejilla. Sentía algo extraño de repente. Acababa de contarle grandes secretos de su vida a una mujer, algo que jamás había tenido ganas de hacer. Siempre habían sido sus amantes quienes intentaban hacerle hablar. Querían oír cuentos exóticos y fantásticos, pero él había visto ese brillo manipulador en sus miradas.

La única mujer que lo había sabido todo había sido su esposa, Sara, porque había nacido en Merkazad y había vivido todo lo ocurrido en primera persona al ser la hija de uno de los más fieles aliados de su padre.

Mientras pensaba en ellos, una repentina amargura se apoderó de él. Ese era uno de los motivos por los que había sido elegida.

Pero Iseult... ¿Qué era lo que le hacía sincerarse con ella?

Tenía la mirada perdida en un punto lejano, y no lo soportaba. La agarró de la barbilla y la obligó a mirarle a los ojos. Ella apretó la mandíbula ligeramente. Lo que veía en sus ojos era algo serio y profundo, algo que suscitaba expectación y un dulce sentimiento al que no podía ponerle nombre.

Para no seguir arrepintiéndose de todo lo que le había contado, y también para ahuyentar el pánico que lo dominaba al reconocer la expresión de sus ojos, la besó.

Horas más tarde, ya sin ese glorioso vestido dorado, Iseult yacía sobre el cuerpo desnudo de Nadim.

Le daba pequeños besos en el pecho. Él tenía la piel ligeramente húmeda. Sabía a almizcle y a sal.

En cuestión de segundos lo habían olvidado todo. El deseo se había apoderado de ellos, borrándolo todo excepto los instintos más básicos. Sospechaba que él se arrepentía de haberle contado todo aquello, pero estaba demasiado cansada como para dejarse inquietar por esos pensamientos.

Puso la mejilla sobre su pecho y sintió los pálpitos vigorosos de su corazón. Nunca se había sentido tan saciada en toda su vida, como si estuviera ebria y sobria al mismo tiempo... Una extraña combinación...

Sin saber muy bien lo que hacía, deslizó una mano sobre el pecho de Nadim, levantó la cabeza y la apoyó sobre el dorso. Sus ojos eran como dos lagunas oscuras, insondables, y estaba deseando sumergirse de nuevo en ellas.

–¿Sabes una cosa? Te he visto con camiseta y vaqueros... con traje y corbata... y con el atuendo tradicional... –sonrió y siguió bajando la mano, más allá de su abdomen–. Pero creo que desnudo me gustas más –agarró su miembro y le hizo la caricia más íntima.

Él se excitó de inmediato. La agarró de los brazos y rodó sobre sí mismo hasta tenerla debajo. Se metió entre sus piernas y la miró a los ojos.

Haciendo un movimiento inconsciente, ella empezó a rozarle la cadera con la cara interna del muslo.

Gruñendo, la agarró de la pierna y se acercó más a su rostro.

–Recuerda lo que te dije, Iseult... No te enamores de mí.

Iseult trató de aguantar el golpe de dolor y en ese instante se dio cuenta de que ya era demasiado tarde. De alguna manera había ocurrido. Podía haber pasado unos minutos antes, en el balcón, mientras le contaba la turbulenta historia de su vida, o quizás mucho antes, cuando estaban en aquella tienda y le había hecho el amor por primera vez... O a lo mejor había sido aquel día, en Irlanda, cuando le había visto por primera vez...

Sabía que no podía negarlo y esa sensación vulnerable la hizo hablar con sarcasmo.

—Siempre y cuando no te enamores tú de mí.

Él sonrió, pero su sonrisa fue extraordinariamente triste. No hacía falta decirlo, pero lo llevaba escrito en la frente.

«No lo haré», parecía decirle.

La besó de repente y ella le rodeó el cuello con los brazos. Sentía rabia y ternura al mismo tiempo.

Capítulo 12

ME GUSTARÍA que vinieras a la fiesta de cumpleaños del sultán conmigo.

Iseult le miró, perpleja. Estaba apoyado contra la puerta de la cuadra de Devil's Kiss, espléndido con unos vaqueros desgastados y una camiseta.

Se puso en pie, apoyando la mano sobre el caballo, como si solo él pudiera ayudarla a mantener los pies en el suelo.

–Pero... ¿Dónde es? ¿Cuándo?

–La celebración empieza mañana en B'harani, para la familia y amigos, pero la gran fiesta es el sábado por la noche. Lo más selecto de la sociedad se dejará ver por allí. Y las mujeres competirán por recibir las atenciones del sultán.

Iseult sintió una extraña mezcla de expectación y horror ante la idea de semejante acontecimiento. Esbozó una sonrisa insegura.

–¿Tengo elección?

Nadim también sonrió, pero era la sonrisa de un lobo.

–Claro que no. Simplemente quería que tuvieras la ilusión de que podías elegir. Si te niegas, entonces le diré a Lina que haga lo que sea necesario para dejarte sin fuerza de voluntad y te llevaré allí como sea.

–Bueno, en ese caso, me encantaría acompañarte...

Se mordió el labio inferior. La broma daba paso a la vieja inseguridad de siempre. Una cosa era vestirse para Nadim, en privado, y otra muy distinta hacerlo en público.

—Pero, Nadim... Yo no... Nunca he ido a ningún evento que no sea una boda familiar. No sabré qué decir o qué hacer.

—Tonterías —dijo Nadim con arrogancia—. Estarás conmigo. Eso es todo lo que tienes que pensar.

A la tarde siguiente, no obstante, Iseult sentía que tenía muchas cosas de las que preocuparse. Lina ya se había ido a B'harani, junto con parte del séquito del jeque, y ellos estaban a punto de subir al helicóptero que los llevaría de vuelta a ese aeropuerto al que había llegado semanas antes.

Sintiéndose cada vez más tensa e intranquila, no dijo ni una palabra durante todo el viaje. Se dedicó a contemplar el paisaje montañoso y solo miraba a Nadim de vez en cuando, cuando este señalaba algo digno de mención. En la pista los esperaba un pequeño avión.

La enorme diferencia que había entre aquel primer viaje y el que estaban haciendo en ese momento se hizo especialmente evidente entonces. El abismo que había entre ellos era insalvable. Provenían de mundos muy distintos. ¿Cuándo perdería el interés? ¿Al cabo de una semana? ¿Un mes?

Cuando subieron a bordo, Nadim abrió el ordenador portátil y se puso a trabajar. Iseult se conformó con mirar por la ventanilla, contenta de no tener que conversar con él. El viaje no duró más que treinta minutos y la maraña rutilante que era B'harani no tardó en aparecer ante sus ojos. Se divisaban inmensos rascacielos que resplandecían bajo el sol y más allá se veía el mar, una balsa profunda de intenso color azul.

Se volvió hacia Nadim. Él había dejado el ordenador a un lado y la observaba en ese momento.

—No me había dado cuenta de que B'harani era tan grande. Es toda una ciudad —nada más hablar, deseó no haberlo hecho. No quería parecer ignorante.

Nadim se limitó a asentir.

—Sí. Tiene una población de casi un millón de habitantes. Es una metrópoli muy próspera. El turismo es una gran industria para el sultán, junto con los pozos de petróleo del desierto... Y también tiene establos y regenta un picadero.

Iseult sonrió.

—¿Hay rivalidad?

Nadim se sonrió.

—En absoluto. Él sabe quién es el auténtico jinete.

Iseult podía dar fe de ello. Después de todo lo que había visto, sabía que pocos criadores y entrenadores podían llegar a su nivel.

Justo en ese momento el avión tocó tierra firme.

Al desembarcar, Iseult vio que había tres limusinas esperándoles. El aire era caliente, seco, y sabía a la sal del mar. El atardecer teñía el cielo de morado, y los rascacielos que se veían en la distancia la hacían sentir como si acabaran de entrar en otro planeta. Merkazad era un mundo aparte.

Después de un viaje rápido por la flamante autopista que atravesaba la masa de edificios, giraron por una esquina y tomaron lo que parecía un camino privado. Situada en el medio de la ciudad, la fortaleza se alzaba detrás de unos enormes muros. Era sobrecogedora, impresionante.

–Este es el Hussein Palace, la casa familiar del sultán Sadiq.

Iseult le miró, sorprendida.

–¿Vamos a quedarnos aquí?

Nadim asintió. Era evidente que le divertía su reacción. Ella le hizo una mueca y volvió a mirar por la ventanilla. Estaban entrando en los jardines. Numerosos empleados, vestidos con impecables uniformes blancos, habían salido a recibirles.

Nadim llevaba el atuendo tradicional. Lina le había dejado un traje de pantalón y chaqueta sobre la cama esa mañana y en ese momento se lo agradecía más que nunca. En cuanto salieron del coche, comenzó una ajetreada actividad a su alrededor.

Sobre la entrada se alzaba un inmenso arco. El personal les hizo entrar en el complejo residencial. Atravesaron otro patio abierto y finalmente accedieron a un atrio fresco de puntal muy alto.

Maravillada, Iseult vio entrar y salir a un pajarillo multicolor. Una joven empleada, sonriente y vestida con una larga abaya de color blanco, salió por una puerta y le hizo señas para que la acompañara.

Nadim le lanzó una mirada y entonces vio que a él también se lo llevaban por otra puerta.

Entró y, nada más hacerlo, sus pupilas se dilataron hasta límites insospechados. La opulencia a la que se había acostumbrado en el castillo de Nadim debería haberla hecho inmune a esas alturas, pero no había sido así.

La habitación era inmensa y estaba decorada en tonos blancos. Había una enorme cama con dosel y un cuarto de baño con una bañera de mármol, lo bastante grande como para dar cabida en ella a un equipo completo de rugby. Las puertas, que iban del suelo al techo, daban acceso a un jardín privado, cubierto por un mullido césped y repleto de árboles en flor. Oyó que se abría una puerta. Era Nadim.

–Es una suite doble... Nuestras habitaciones se comunican.

–Oh...

Él arqueó una ceja.

–Creo que nos vendría bien un baño antes de la cena.

–Yo me duché antes de salir –le dijo ella rápidamente, pero al ver la expresión de sus ojos, se sonrojó–. Oh...

Nadim le tendió una mano.

–Sí, «oh» –repitió en un tono exagerado–. Ven aquí, Iseult.

Un par de horas más tarde, Iseult volvió a sonrojarse ante el espejo mientras Lina le cerraba el vestido por la espalda. Solo podía pensar en lo que había ocurrido mientras se daban el baño...

Había estado a punto de llegar tarde a su cita con la doncella.

–Está tan roja, señorita Iseult. ¿Es el calor?

Iseult masculló algo y fue a sentarse para que pudiera arreglarle el pelo. Después de haber soportado los tirones de las tenacillas durante un buen rato, pudo mirarse en el espejo por fin.

Un miedo repentino y brutal se le agarró a las entrañas a medida que se acercaba al espejo. ¿Cómo había podido olvidarlo? ¿Cómo iba a exponerse de nuevo para que la humillaran en público una vez más? Por mucho que Lina se hubiese esmerado, por muy caro que fuera el traje, aún seguía siendo Iseult O'Sullivan, la chica de la granja irlandesa.

Se detuvo delante del espejo, pero no fue capaz de mirarse durante unos segundos. Abrió los ojos lentamente y... no reconoció a la chica que tenía delante. Llevaba un vestido de satén entallado y sin tirantes, de color azul verdoso, decorado con una pluma de avestruz por encima del hombro. Su blanca piel resplandecía y sus pechos se desbordaban seductoramente por el contorno del escote. De alguna forma, Lina se las había ingeniado para recogerle el cabello y hacerle un moño suelto. Entre los mechones, rizados a capricho, brillaba una horquilla con pedrería.

Iseult sintió lágrimas en los ojos. Un nudo le atenazaba la garganta. Justo en ese momento llamaron a la puerta que conectaba las dos habitaciones. Nadim entró sin darle tiempo a recomponerse un poco y le pidió a Lina que se marchara. Se detuvo justo detrás, imponente con un esmoquin negro.

Iseult no podía hacer otra cosa que no fuera mirarle a través del espejo. Parecía algo tenso. Tenía la mandíbula contraída.

Al ver la humedad que había en sus ojos, la hizo volverse.

–¿Qué sucede?

Iseult sacudió la cabeza y bajó la vista. Las lágrimas amenazaban con caer en cualquier momento.

–No... Nada. Es que... Creo que no puedo hacer esto. No estoy hecha para esta clase de cosas.

Él le levantó la barbilla.

–Estás hecha para mí, Iseult, y caminarás a mi lado. Eres preciosa. ¿Es que no ves lo preciosa que eres?

–No soy preciosa. De verdad que no lo soy. Entraremos en esa habitación y verás... Sentirás vergüenza.

Durante una fracción de segundo, Nadim pensó que buscaba un cumplido, pero entonces vio que había auténtica angustia en sus ojos.

–Es evidente que alguien te ha hecho sentir que no eres hermosa. ¿Quién fue? ¿Tu padre?

Iseult lo negó con la cabeza.

–No. Solo es que... –respiró profundamente y trató de recuperar el control. Él no tendría ganas de oír su triste historia de adolescentes–. Yo nunca fui muy femenina. No estoy acostumbrada a esto. Me siento más cómoda en los establos, en el campo...

Nadim la hizo volverse hacia el espejo. Apoyó las manos sobre sus hombros y le dio un beso en la mejilla.

–No puedes esconderte en los establos para siempre. Eres preciosa... impresionante... –le dio un beso en la barbilla–. Aquí... –la besó allí donde el cuello se unía con el hombro–. Y aquí... Por todas partes. Serás la envidia de todas las mujeres.

La miró fijamente a través del espejo y, poco a poco, un nuevo sentimiento empezó a florecer dentro de Iseult. La hizo darse la vuelta hacia él de nuevo.

–Tengo algo para ti.

Le entregó una cajita roja con los bordes dorados. Dentro había un frasco dorado apoyado sobre una base de terciopelo blanco.

–¿Qué es? –le preguntó ella.

Él esbozó una sonrisa.

–Al-Omar es famoso por sus perfumes. Este lo encargué especialmente para ti.

Iseult sintió que se le encogía el corazón. Hubiera querido ser más fuerte, pero los efectos de su hechizo eran inmediatos y arrolladores.

Abrió el frasco con manos temblorosas y olió la esencia antes de echarse unas gotas en la muñeca. Era una mezcla de fragancias de rosas, combinada con almizcle y un toque de especias.

–Creo que capta bastante bien tu personalidad –le dijo él, como si pudiera leerle el pensamiento–. También tiene ámbar, porque me recordaba a tus ojos.

Sin palabras, Iseult le dejó quitarle el frasco de las manos.

Nadim le echó unas gotas en el cuello y le frotó la piel con la yema del dedo. Después la hizo extender el brazo y buscó la delicada piel de la cara interna del codo. Le puso un poco ahí y también justo encima del escote.

Cuando terminó, Iseult respiraba con dificultad.

Nadim dejó a un lado el frasco y la tomó de la mano. Al llegar a la puerta, Iseult le hizo detenerse.

–Gracias por el perfume. No tenías que comprarme nada, pero me encanta.

Nadim luchó por no sucumbir a esas palabras sin dobleces. Una vez más su agradecimiento sincero le recordaba lo distinta que era del resto de las mujeres. Le recordaba el riesgo que corría con ella... Pero, aun así, no podía parar.

Tiró de ella sin más.

–Llegamos tarde a la cena.

Un par de horas más tarde, Iseult seguía maravillada ante tanta opulencia. Aquello no se parecía en nada a una reunión familiar. Sonrió con ironía. Habría unas doscientas personas allí, y dos actores famosos por lo menos.

Había tenido la oportunidad de conocer al sultán Sadiq Ibn Kamal Hussein antes de la cena. Nadim y él estaban cortados por el mismo patrón. Eran altos, apuestos y de constitución fuerte. El monarca también llevaba esmoquin y sus ojos, extrañamente azules, destacaban de una forma inusual. Tenía un aire cínico, y las miradas que les lanzaba a las mujeres que se le acercaban la hacían sentir pena por ellas.

Le observó desde lejos. Rodeado de aduladoras y adoradoras, el sultán estaba en su salsa. Se preguntó si también tendría una amante...

Justo en ese momento se fijó en alguien que se acercaba.

–¡Jamilah! –miró a Nadim–. No sabía que Jamilah fuera a estar aquí. Podríamos haber venido juntos.

Nadim frunció el ceño.

–No sabía que tenía pensado venir.

La joven llegó hasta ellos y se dieron un abrazo. Estaba más hermosa que nunca con un vestido azul oscuro y un drapeado de seda que le caía del escote. Se había recogido el pelo en un moño muy elegante, pero parecía nerviosa y estaba muy pálida.

Iseult se preocupó de inmediato.

–Jamilah, ¿qué sucede?

Jamilah sonrió con tensión.

–Nada.

Mientras Iseult la observaba, no obstante, la joven pareció fijarse en alguien o en algo que estaba justo detrás de ellos. Iseult se dio la vuelta y vio a un joven muy alto y apuesto que iba directamente hacia ellos. De repente le reconoció, aunque no le hubiera visto en toda su vida.

Nadim también se puso tenso.

–Iseult, me gustaría presentarte a mi hermano, Salman –dijo de repente, cuando el joven llegó hasta ellos.

Iseult le estrechó la mano. El muchacho, sin embargo, apenas parecía prestarles atención. Solo parecía tener ojos para Jamilah. La joven masculló algo ininteligible y se retiró de inmediato con una excusa. Salman la observó en silencio mientras se alejaba e Iseult pensó que jamás había visto a nadie tan atormentado en toda su vida. Había oído rumores en los establos. Al parecer, el hermano de Nadim era internacionalmente conocido como el Jeque Playboy y casi nunca se dejaba ver por Merkazad.

Parco en palabras, Salman zanjó la conversación rápidamente c intentó marcharse también, pero Nadim le detuvo con brusquedad.

–¿No crees que deberías dejarla en paz?

Salman miró a su hermano. Sus ojos le lanzaron una clara advertencia.

–No te metas en esto, Nadim –dijo, y se marchó.

Iseult respiró profundamente. De repente sentía que le temblaba todo el cuerpo. Durante una fracción de segundo se había visto a sí misma, en el futuro, después de que Nadim la hubiera abandonado en favor de su próxima amante, o esposa.

La melancolía la acompañó durante el resto de la velada. Ni siquiera desapareció cuando Nadim le hizo el amor con frenesí.

Horas más tarde, parada frente al muro del jardín privado desde el que se divisaba la flamante ciudad de B'harani, no era capaz de pensar en otra cosa. Lo único que veía ante sus ojos era autodestrucción, inevitable si permanecía junto a Nadim.

Además, cuanto más se adentrara en ese mundo de fantasía, más se engañaría a sí misma, creyendo que era esa clase de persona.

Se conocía a sí misma lo bastante bien como para saber que no sería capaz de resistirse eternamente a ese mundo de cuento de hadas. Y la idea de ver a Nadim en compañía de otra mujer la desgarraba por dentro.

De repente oyó un ruido, pero apenas tuvo tiempo de recuperar la compostura. Un segundo más tarde sintió el calor de un cuerpo desnudo y fuerte a su espalda. Unos brazos vigorosos le rodearon la cintura.

Cerró los ojos y se inclinó hacia él. Un nudo le atenazaba la garganta.

Afortunadamente, él no podía verle el rostro. Comenzó a besarla en el cuello.

–Vuelve a la cama... –le dijo, y la tomó de la mano para llevarla dentro.

Iseult se dejó llevar, pero algo había cambiado en su interior. Aprovecharía el fin de semana en B'harani y disfrutaría al máximo de la fantasía, pero en cuanto regresaran a Merkazad, terminaría con él para siempre.

Capítulo 13

TENEMOS que hablar.

Esas tres palabras podían llenar de miedo los corazones de los hombres más duros.

Iseult se miraba a sí misma en el espejo del cuarto de baño. Volvió a intentarlo.

–Mira, Nadim, tenemos que hablar... sobre nosotros.

Hizo una mueca de dolor al ver su propio reflejo en el espejo. No importaba cómo lo dijera. Siempre sonaba como un diálogo sacado del guion de una telenovela.

Justo en ese momento apareció Lina.

–El jeque Nadim la espera.

Iseult ignoró la expresiva mirada que le dedicó la empleada al ver la ropa que llevaba puesta. Respiró profundamente y dio media vuelta. Fue hacia la suite palaciega de Nadim. Él la esperaba para cenar. Habían regresado de B'harani dos días antes, y esa iba a ser la primera vez que iban a estar solos desde entonces.

Cuanto más se acercaba a la puerta, más nerviosa se ponía. Era muy fácil dejarse llevar y disfrutar de otra noche de placeres idílicos... A lo mejor incluso podía esperar un par de semanas más...

No podía hacerlo. Tenía que responsabilizarse de sus propias acciones.

Con el estómago revuelto, llamó a la puerta. De repente se acordaba de aquel momento, en su casa de Irlanda, cuando había llamado a la puerta del despacho de su padre para hablar con él por primera vez.

Él levantó la vista y sonrió, pero la sonrisa se desvaneció en cuanto vio que no se había quitado la camiseta y los vaqueros. Ella cerró la puerta tras de sí, pero no dio un paso más.

–¿Por qué no te has cambiado?

–¿Entonces tengo que seguir un código de etiqueta por ser tu amante? ¿No puedo andar por aquí en vaqueros y camiseta?

–¿Qué pasa, Iseult?

–Lo que pasa es que esto se ha terminado. Ya no quiero ser tu amante.

Nadim guardó silencio durante un interminable momento. Su mirada se volvió peligrosa. Era como si acabara de encerrarse detrás de un muro.

Se metió las manos en los bolsillos.

–¿De qué va esto, Iseult? ¿Quieres más? ¿Quieres sacarme algún tipo de compromiso? ¿Viste algo este fin de semana y quieres seguir en ese mundo para siempre? Pensaba que eras distinta, pero a lo mejor fui un tanto ingenuo al pensar que no te dejarías corromper por lo que veías.

Insultada, Iseult levantó una mano.

–No. ¿Cómo puedes pensar eso?

–No lo sé, Iseult. Es un mundo muy tentador. ¿Me estás diciendo que, de entre todas las mujeres que estaban allí el sábado, eras la única que es capaz de alejarse de todo eso y no desearlo después? O a lo mejor es que lo entendí todo mal. A lo mejor tratas de ver si tienes posibilidades con el sultán, ¿no? Te puedo asegurar que estamos al mismo nivel en cuanto a fortunas.

Antes de que Iseult pudiera contestar, la puerta se abrió de nuevo. Era el servicio, con la cena. Nadim les lanzó una rápida mirada y los empleados se retiraron sin más dilación.

–¿Es eso entonces? ¿Quieres más?

–Quiero irme a casa, Nadim. No quiero volver a verte. Bueno, tienes razón en parte. Tengo miedo de acostumbrarme demasiado a esto –gesticuló y miró a su alrededor–. Y entonces, un buen día, cuando te hayas cansado de mí, me mandarás de vuelta a los establos.

La expresión cínica de Nadim se hacía cada vez más insoportable.

–Eres mi amante. Tienes toda mi atención.

Iseult se abrazó a sí misma en un gesto de autoprotección.

–Por ahora. Pero ¿qué pasará cuando pierdas el interés? Es evidente que tienes todo esto muy bien pensado, y podrás verme todos los días aunque tengas una nueva amante. Pero yo no podré soportarlo.

Nadim estaba cada vez más impaciente. Extendió una mano, invitándola a acercarse.

–Estás pensando en el futuro, Iseult. No tengo intención de terminar con esto en un futuro cercano. Ven aquí.

Ella sacudió la cabeza.

–No. Solo puedo llegar hasta aquí.

Nadim bajó la mano. Iseult levantó la barbilla y habló con serena dignidad.

–Me temo que he hecho la única cosa que me prohibiste. Me he enamorado de ti.

Durante una fracción de segundo, Nadim no fue capaz de asimilar las palabras. Todos los sonidos le llegaban desde muy lejos. Creyó que iba a desmayarse, aunque no supiera lo que era eso.

Haciendo acopio de toda su fuerza de voluntad, se mantuvo en pie. La rabia crecía como una bestia incontrolable en su interior.

–No te creo. Quieres algo de mí. ¿Qué es? ¿Compromiso? ¿Dinero? ¿Una garantía de seguridad para tu familia?

–Lo único que quiero de ti, Nadim, es la única cosa que no puedes darme. Tu amor.

Una emoción violenta y cegadora le hizo arremeter contra ella. Era como si todo lo que había construido con tanto esfuerzo estuviera en peligro de repente.

–Pero ¿qué sabes tú del amor? –le preguntó en un tono mordaz.

Iseult se puso pálida. Le dio la espalda un momento. Nadim volvió a extender el brazo hacia ella, pero lo bajó en cuanto se dio la vuelta de nuevo. El fuego que esperaba ver en sus ojos ya no estaba. En su lugar había una negrura aterradora.

–Me parece que sé algo más que tú. Perdí a las dos personas que más quería en el mundo antes de cumplir los trece años y mi mundo se volvió del revés. Sé lo que es sentirse responsable de las personas que te importan, y no ser capaz de dormir en toda la noche porque te preocupas por ellos. Sé lo que es trabajar muy duro para llegar a fin de mes y terminar tan agotada que al final se te olvida que tienes elección en la vida. Pero te da igual, porque lo haces por alguien a quien quieres.

Nadim abrió la boca para decir algo, pero Iseult le hizo detenerse con un gesto brusco. Se acercó a él un poco. Sus mejillas se estaban tiñendo de color y sus ojos volvían a tener ese resplandor tan familiar.

–Me he enamorado de ti, Nadim, pero desearía que nunca hubiera pasado. Créeme –esbozó una tensa sonrisa–. No te preocupes. Me dejaste las cosas muy claras desde el principio, así que no puedo culpar a nadie excepto a mí misma. Pero sé que me destruiré a mí misma si sigo viviendo en este mundo de fantasía hasta que me eches de él cuando te hayas cansado de mí. Ya he perdido mucho, Nadim. No puedo quedarme de brazos cruzados, esperando a perderte a ti también.

Las palabras se diluyeron en el silencio pesado y ominoso.

–Por todo eso, quiero irme a casa, Nadim. Quedarme aquí significa someterme a la peor forma de crueldad, y sé que tú no vas a hacer algo así.

Le desafió con la mirada.

Nadim se sentía como si acabaran de golpearle con un puño de hierro. Su rostro se había quedado sin color y sus ojos eran dos pozos insondables.

–No quiero que te vayas, Iseult. Quiero que te quedes y que seas mi amante. No sé cuánto va a durar nuestra aventura, pero te prometo que te cuidarán bien, pase lo que pase. Pero si te empeñas en no querer separar los sentimientos de la relación física que hay entre nosotros, entonces tendré que dejarte ir.

–Entonces me tengo que ir.

Dio media vuelta. Al poner la mano en el picaporte, le oyó hablar desde muy cerca. Estaba justo detrás.

–¿Ni siquiera te vas a quedar por Devil's Kiss?

Iseult sintió que se le encogía el corazón y cerró los ojos un momento. Durante una fracción de segundo creyó haber oído algo parecido a la desesperación en la voz de Nadim, pero tenía que ser producto de su imaginación.

Incapaz de decir una palabra más, dejó que el silencio hablara por sí solo y abandonó la habitación.

Nadim se quedó mirando hacia la puerta durante un largo rato. Dio media vuelta y fue hacia la mesa sobre la que descansaba el viejo retrato de su esposa.

Presa de un violento arrebato de ira, tomó la foto y la arrojó contra la pared. El marco se hizo añicos y cayó al suelo.

Capítulo 14

LA ALARMA sonó de repente. Iseult estiró el brazo para pararla y volvió a acurrucarse bajo la cálida manta un minuto más. El contraste entre el lugar en el que se encontraba en ese momento y aquel en el que había estado hasta unos días antes no podía ser más pronunciado. En Irlanda se hallaban en invierno. Fuera estaba muy oscuro y hacía muchísimo frío.

Una vez más, sus pensamientos se dirigieron hacia ese hombre alto y moreno que le había cambiado la vida sin remedio. Echarle de menos se había convertido en un dolor físico, sobre todo por las noches. Después de aquella última conversación, los acontecimientos se habían precipitado. Nadim tenía prisa por librarse de ella. Jamilah había ido a buscarla y la había llevado en coche al aeropuerto de Al-Omar. La despedida había sido muy triste.

Antes de partir le había dejado una nota en su habitación. El mensaje era muy sencillo.

Nadim, gracias por hacerme sentir hermosa. Para mí ha significado mucho más de lo que nunca sabrás... Con cariño, Iseult.

En el último momento había visto el frasco de perfume que él le había regalado, y no había podido resistirse.

Se lo había llevado consigo.

Echó atrás las mantas y se levantó de golpe. Puso los pies sobre el gélido suelo de madera. Todo había terminado. El cuento de hadas se había acabado. Ya de vuelta en casa, la señora O'Brien la había recibido con lágrimas de alegría, su padre le había dado un abrazo de oso y Murphy le había dedicado lo mejor de su jerigonza canina. La granja no tenía nada que ver con el lugar que había dejado unos meses antes, pero aún la necesitaban allí. Trabajaba desde las seis de la mañana hasta las nueve de la noche y así soportaba los momentos más tristes.

Esa tarde el cielo se oscureció antes. Iseult estaba frente a la pista de entrenamiento. Llevaba un grueso abrigo y se había puesto su gorra favorita, pero las inclemencias del clima eran difíciles de combatir. El último potro acababa de entrar en las cuadras.

Se dio cuenta de que estaba exactamente en el mismo sitio donde Nadim había estado aquel día, cuando le había visto por primera vez.

De pronto oyó el poderoso rugido de un motor a sus espaldas. No esperaban visitas a esas horas...

Se dio la vuelta rápidamente y entonces se paró en seco. Se le heló la sangre en las venas. Era un todoterreno plateado con las ventanillas tintadas. La puerta se abrió.

–Nadim –dijo, pensando que estaba alucinando.

Él llevaba unos vaqueros oscuros, una sudadera y una vieja chaqueta de cuero.

Durante un momento fugaz, Iseult llegó a creer que estaba allí por ella, pero entonces recordó su frialdad, su indiferencia. Ni siquiera se había despedido.

Dio un paso adelante y se tropezó. El corazón le latía sin control.

–¿Quieres ver a mi padre o... o a Peter, el gerente? Peter ya se ha ido a casa, pero mi padre está en la franja. Si quieres subir...

Él guardó silencio. Parecía más serio y siniestro que nunca con esa barba descuidada que le cubría la mandíbula.

Iseult comenzó a impacientarse. Dio media vuelta y echó a andar por el camino que llevaba a la puerta de la casa.

–Iseult, espera.

Ella se detuvo, pero no se dio la vuelta. No podía hacerlo.

–No he venido a ver a tu padre, ni a Peter. He venido a verte a ti.

–Yo no quiero verte a ti –le dijo ella, sin darse la vuelta–. Creo que estás de acuerdo conmigo en que las cosas ya están bien claras. Yo te dejé muy claros mis sentimientos.

Se hizo el silencio durante un momento. Iba a seguir adelante, pero entonces le oyó hablar de nuevo.

–Desde que te vi por primera vez, sentí algo que jamás había sentido. Mis padres tuvieron un matrimonio de conveniencia, pero, aunque no se quisieran, sí se respetaban y sentían afecto el uno por el otro. Eso es lo único que yo quería y esperaba, si alguna vez me casaba, y nadie había sido capaz de hacerme cambiar de idea, ni siquiera mi esposa. Sara era una mujer buena, hermosa y amable, pero sabía que no me tenía del todo. Se subió a ese caballo aquel día aunque supiera que estaba embarazada, aunque los caballos le dieran mucho miedo... Quería impresionarme.

Iseult se quedó quieta, escuchándole. Sus palabras le causaban un dolor inconmensurable en el pecho. Apenas podía respirar.

–Sara murió porque quería que yo me enamorara de ella. Mi respeto, mi lealtad y mi afecto no eran suficientes. Sin embargo, desde el momento en que te conocí, llegaste a un sitio al que Sara jamás se acercó. Y la culpabilidad que he sentido al darme cuenta de ello casi me mata.

Iseult se volvió lentamente. Él tenía una expresión desconocida en la mirada.

Por primera vez parecía vulnerable.

–¿Qué me estás diciendo?

Él hizo una mueca.

–Te estoy diciendo que casi dejé que la culpabilidad dirigiera mi vida. Dejé que la culpabilidad me hiciera creer que no te amaba. Cada vez que te decía que no te enamoraras de mí, realmente me estaba diciendo a mí mismo que no podía enamorarme de ti, porque pensaba que no me lo merecía. Cuando nos acostábamos juntos, me sentía culpable, porque Sara nunca había disfrutado haciendo el amor conmigo. Me sentía culpable porque eras una persona maravillosa, llena de vida, valiente, preciosa. No tenía derecho a enamorarme si no había sido capaz de amar a mi esposa... Y eso la había matado a ella, y a nuestro bebé.

Iseult corrió hacia él y le rodeó las mejillas con las manos.

–No eras culpable por tus sentimientos. Si fue un matrimonio preparado, lo más probable es que Sara tampoco te amase a ti... Tú jamás le pediste que se subiera a ese caballo. Ella tomó las riendas de su propia vida, y de su hijo nonato. No fuiste tú.

Nadim levantó una mano y la puso sobre una de las de ella. Le dio un beso en la palma. Su fina barba le arañaba la piel.

Parecía tan cansado de repente... Podía ver finas arrugas de expresión alrededor de su boca.

–Ahora lo sé. Creo que por fin he empezado a perdonarme por la muerte de Sara. En cuanto entraste en mi vida empecé a curarme, y cuando te alejaste quise que volvieras. Pero soy muy testarudo, y me convencí de que no tendrías agallas para cumplir tus palabras. Pensé que no serías capaz de dejar atrás todos los lujos, por mucho que dijeras lo contrario.

Esbozó una sonrisa triste.

–Debería haber sabido que sí lo harías. Claro que te fuiste. ¿Cómo no ibas a hacerlo?... Y yo estaba a punto de volverme loco de remate cuando me di cuenta de que tenía que venir a buscarte, fuera culpable o no.

Le quitó la gorra y la lanzó al viento, por encima de la valla.

–¡Oye! Me gusta esa gorra.

Nadim le rodeó las mejillas con las manos y la miró a los ojos.

–Iseult, ¿quieres volver a Merkazad conmigo y ser mi esposa?

A Iseult le dio un vuelco el corazón. Se le llenaron

los ojos de lágrimas. Quería gritar «sí», pero se mordió el labio inferior.

–¿No tienes que casarte con una mujer que sea apropiada para ti?

–Tú eres la única mujer apropiada para mí. Te quiero a ti... y a nadie más.

Iseult tardó unos segundos en contestar.

–Entonces, sí... Me casaré contigo... aunque no sé en qué me convertirá eso.

–Te convertirá en mi querida esposa. Serás mi jequesa, y estarás a mi lado, en lo bueno y en lo malo. Seremos los mejores amigos, amantes para siempre.

Iseult sonrió.

–Me gusta cómo suena. Pero a lo mejor tienes que prepararme un poco para los eventos sociales. No son mi especialidad precisamente. Y también tengo una falta de autoestima crónica, pero estoy mejorando mucho.

La mirada de Nadim se volvió arrogante un instante.

–Eres preciosa, y te lo diré mil veces al día hasta que te lo creas del todo. Y estarás conmigo siempre. Eso es todo lo que debe preocuparte.

Iseult le tiró del cuello y le besó con adoración al tiempo que él la levantaba en el aire. Enroscó las piernas alrededor de su cintura y fue en ese momento cuando supo que jamás volverían a separarse.

Seis meses después...

Iseult estaba junto a la valla, en los establos Al Saqr, viendo cómo entrenaban a Devil's Kiss. El caballo ya casi estaba listo para competir en la prestigiosa carrera de Longchamp a finales del año.

Su marido llegó en ese momento y le rodeó la cintura con los brazos.

Ella echó atrás la cabeza y él le dio un beso en la mejilla.

–¿Adónde fuiste esta tarde?

Iseult se volvió en sus brazos para poder mirarle a los ojos.

–Tuve que ir a la ciudad para ver al doctor Nadirah.

–¿Pasa algo?

Ella sonrió y sacudió la cabeza.

Le agarró la mano y se la puso sobre el vientre.

–Nada. Pero dentro de ocho meses padeceremos un insomnio severo, y sufriremos alguna que otra sobredosis de amor y alegría.

Nadim la miró fijamente durante unos instantes e Iseult pudo verlo todo en su expresión; la dolorosa pérdida de su primer hijo, el vestigio de la culpabilidad, el miedo...

Comenzó a acariciarle la mandíbula.

–Nos lo merecemos, Nadim. Tú te lo mereces. Y todo va a salir bien. Te lo prometo.

Él la estrechó entre sus brazos y la besó con una pasión inesperada. De repente echó atrás la cabeza y se rio estruendosamente. Era un grito de pura felicidad.

Y ella tenía razón.

Todo iba a salir bien.

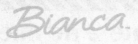

Su plan no salió como había pensado...

Trabajar hasta tarde no era nada nuevo para el magnate Alex, y sí la perfecta excusa para conocer a la limpiadora Rosie Gray. Le había prometido a su padrino enfermo descubrir si su nieta, a la que hacía años que había perdido la pista, era una digna heredera.

Halagada por las atenciones del seductor hombre de negocios, los sueños de Rosie quedaron destrozados cuando él puso fin a su aventura de una noche.

Al descubrir que estaba embarazada, fue a enfrentarse a él, pero en la oficina nadie había oído hablar de «Alex Kolovos». Sin embargo, sí conocían a Alexius Stavroulakis, el dueño de la empresa, que tenía una extraordinaria oferta que hacerle.

Alianza por un heredero

Lynne Graham

Acepte 2 de nuestras mejores novelas de amor GRATIS

¡Y reciba un regalo sorpresa!

Oferta especial de tiempo limitado

Rellene el cupón y envíelo a
Harlequin Reader Service®
3010 Walden Ave.
P.O. Box 1867
Buffalo, N.Y. 14240-1867

¡Sí! Por favor, envíenme 2 novelas de amor de Harlequin (1 Bianca® y 1 Deseo®) gratis, más el regalo sorpresa. Luego remítanme 4 novelas nuevas todos los meses, las cuales recibiré mucho antes de que aparezcan en librerías, y factúrenme al bajo precio de $3,24 cada una, más $0,25 por envío e impuesto de ventas, si corresponde*. Este es el precio total, y es un ahorro de casi el 20% sobre el precio de portada. !Una oferta excelente! Entiendo que el hecho de aceptar estos libros y el regalo no me obliga en forma alguna a la compra de libros adicionales. Y también que puedo devolver cualquier envío y cancelar en cualquier momento. Aún si decido no comprar ningún otro libro de Harlequin, los 2 libros gratis y el regalo sorpresa son míos para siempre.

416 LBN DU7N

Nombre y apellido	(Por favor, letra de molde)

Dirección	Apartamento No.

Ciudad	Estado	Zona postal

Esta oferta se limita a un pedido por hogar y no está disponible para los subscriptores actuales de Deseo® y Bianca®.
*Los términos y precios quedan sujetos a cambios sin aviso previo.
Impuestos de ventas aplican en N.Y.

SPN-03   ©2003 Harlequin Enterprises Limited

Ardiente atracción

BRENDA JACKSON

Hacía años, Canyon Westmore-
land había dejado que un terrible malentendido se interpusiera
entre Keisha Ashford y él, pero,
cuando Keisha regresó a la ciudad con un niño de dos años,
llegó el momento de aclarar las
cosas de una vez por todas.
Entre ellos todavía bullía una in-
candescente atracción y, en esa
ocasión, nada impediría a Canyon conseguir lo que le pertenecía... ¡su mujer y su hijo!

El tiempo le devolvió lo que era suyo

¡YA EN TU PUNTO DE VENTA!

Bianca.

¿No cometerás el mismo error dos veces?

Tras el angelical rostro de Rosie Tom y su pecaminosamente delicioso cuerpo, Angelo di Capua sabía que se escondía una mentirosa cazafortunas. Pero su difunta esposa le había dejado a Rosie una casita de campo y, si ella quería quedarse allí, ¡tendría que hacer un pacto con el diablo!

Rosie debía aceptar la oferta de su ex amante para salvar su negocio, pero, aunque anhelaba sus caricias, no podía confiar en el hombre que la había traicionado casándose con su mejor amiga. Si no se mantenía firme, perdería mucho más que sus posesiones materiales. Perdería su corazón. Una vez más.

Pacto de pasión

Cathy Williams